그러면서 크는 거라고 쉽게 말하지

최 범 수
양 길 석
이 대 일
서 민 호

그러면서
크는 거라고
쉽게 말하지

지 금 도
자 라 고 있 는
나 . 에 . 게

출판사 핌

서문

누구나
마음속에
아름다운 이야기는
있는 거니까.

___ For your mind··· FYM

차
례

글 · 그림 최 범 수

맥주 하나

가 온나

맥주 하나
가 온나 _____

최범수

"올은 집에 바로 가야 된다 카이."

오락실에 가자는 나의 말에 친구는 곤란한 표정을 지었다.

"딱 한 판만 하고 가라. 어?"

나는 애원하듯 졸라 댔지만 녀석은 한사코 거절했다.

'한 판은 해도 될 낀데, 임마 이거 억수로 팅구네.'

"알았다! 카면 내일은 꼭 같이 가는 거데이. 잘 가래이."

나는 장난처럼 친구의 등을 세게 치고 혼자서 오락실로 갔다.

오락실 문을 열자 마침 내가 즐겨 하는 격투 게임기 자리가 비어 있었다. 잽싸게 뛰어가 가방을 벗어 던지고 동전을 투입구에 밀어 넣었다. 워낙 인기 있는 게임이라 항상 줄을 서서 기다려야 했는데 오늘은 웬일로 비어 있는지. 그러고 보니 오락실 안은 평소보다 사람이 적었다. 북적북적한 게 더 신나고 구경거리도 많아 좋지만 어쨌든 내 뒤에 줄 서 있는 사람이 없어 연달아 할 수 있으니 상관없다.

게임이 시작되자 나는 레버를 이리저리 움직이며 재빠르게 버튼을 눌렀다. 내 캐릭터는 초반부터 얻어맞았다. 여러 가지 기술을 쓰며 반격해 보았지만 큰 점수 차로 졌다. 동전을 다시 넣었다. 이번에도 제대로 싸우지 못하고 그대로 게임이 끝났다. 보통은 마지막 챔피언 대결까지 가는데, 오늘은 이상하게 초반부터 자꾸 진다. 자신 있는 캐릭터를 골라 다시 도전해도 마찬가지다.

다른 사람이 하는 걸 구경이나 해 볼까 싶어 둘러보는데 아까보다 사람이 더 없다. 오락실 안을 한 바퀴 돌며 구경거리를 찾아보았지만 딱히 눈이 가는 것도 없어 가방을 챙겨 오락실을 나왔다.

'간만에 학교 일찍 마쳐가 더 놀 수 있었는데 이기 머꼬.'

동생은 아직 하교 전이라 이대로 집에 가면 심심할 것이 뻔하다. 밖에서 놀 거리가 없을까 이리저리 머리를 굴려 보지만 마땅히 생각나는 것이 없다. 나는 손에 든 신발주머니를 발로 툭툭 차며 집으로 향했다.

길모퉁이를 돌아 아파트 입구에 들어서는데 등이 하나 보였다. 사람이 죽었을 때 걸어 두는 조등이었다. 순간 가슴이 덜컥 내려앉았다. 불안한 마음에 냅다 집으로 뛰었다. 곧장 2층으로 올라가니 현관문은 열려 있고 바닥에는 낯선 신발들이 발 디딜 틈도 없이 빼곡히 놓여 있었다.

"엄마…."

현관에 들어서며 엄마를 부르는데 목소리가 떨렸다. 거실에 있던 사람들이 일제히 나를 쳐다봤다. 내가 쭈뼛거리며 거실로 들어서는데, 엄마가 눈물을 훔치며 방에서 나왔다.

"뽁이 왔나? 아빠가 돌아가싰다…."

엄마는 울먹이는 목소리로 말했다. 순간 귓속이 윙하고 울리더니 머리가 어지러웠다.

"니 올 시간이 다 되가 학교로 연락 안 하고 기다리고 있었다. 옷 갈아입어야 하니깐 저짜 방으로 가자."

엄마는 멍하니 서 있던 나를 데리고 방으로 갔다. 마땅히 입을 만한 옷이 없는지 엄마는 옷장 안을 이리저리 뒤져 본다. 그러다 검은색에 가까운 진한 색 바지와 윗옷 하나를 골라 준다. 나는 옷을 갈아입고 엄마를 따라 큰방으로 갔다.

큰방에는 이미 빈소가 차려져 있었다. 아빠의 영정 사진

앞에 앉아 있던 할머니는 나에게 가까이 오라고 손짓을 했다. 나는 할머니가 시키는 대로 향을 피우고 영정 사진을 향해 두 번 절을 했다. 그러고는 옆으로 물러나 앉아 무릎 사이에 얼굴을 파묻었다.

ㅤㅤㅤㅤㅤㅤㅤㅤㅤㅤㅤ|||||||||||||||||||||||||||||||||||||

"환자 분 소독할께예."

간호사가 붕대와 반창고, 가위같이 생긴 도구를 담은 사각 쟁반을 들고 들어왔다. 나는 뒤로 비켜섰다. 간호사는 아빠의 상의를 걷어 올리고 거즈를 떼어 냈다. 그러자 명치부터 배꼽 옆까지 사선으로 길게 나 있는 가른 자국과 가른 면을 붙여 꿰맨 부위가 드러났다. 수술 자국을 처음 본 나는 놀라 숨을 들이켰다. 간호사는 알코올 솜으로 봉합 부위를 닦아 내고 소독약을 바른 다음 새 거즈를 대고 반창고를 붙였다.

"꼬맨 데가 벌어질 수 있으니까 조심히 움직이야 합니데이."

간호사는 아빠의 상의를 내리고 가지고 왔던 것들을 챙겨 병실을 나갔다.

"아빠, 수술할 때 마이 아팠나?"

"마이 아팠지. 와?"

"꼬맨 데가 엄청 커가. 나는 혹이 작다 캐가 수술이 간단한 줄 알았다. 긴 가위 같은 걸로 배 속의 혹을 이래 싹 잘라 낸 줄 알았지."

나는 가위질하듯 손가락을 움직였다. 아빠가 씩 웃었다.

"지금도 마이 아프나?"

"어. 움직일 때 쫌 아프다."

"밥은 언제부터 묵을 수 있는데?"

"낼부터."

수술하기 전부터 지금까지 열흘째 계속 식사를 못했는데 괜찮을까 싶었다. 링거로 영양분을 주입하기 때문에 괜찮다고 하는데 정말 배가 고프지 않을까 궁금했다.

"뿍아, 나가가 쫌 걷자."

아빠는 침대 옆 손잡이를 잡고 조심스레 몸을 일으켰다. 그리고 옆에 있던 링거 거치대를 붙잡고 침대에서 내려와 슬리퍼를 신었다. 아빠는 구부정한 자세로 링거 거치대를 밀며 병실 복도로 나갔다. 나도 따라가 복도 끝에서 끝으로 아빠와 같이 천천히 걸었다.

아빠는 힘이 드는지 조금 걷고는 복도 난간에 기대어 쉬었다.

"아빠, 언제 퇴원하노?"

나는 마냥 걷기만 하는 게 지루해 말을 걸었다.

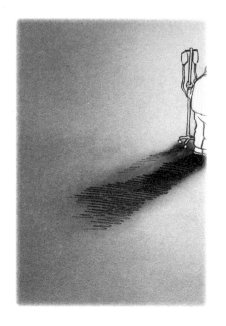

맥주 하나 가 온나

"와?"

"그냥. 아빠가 빨리 나았으면 싶어가."

"내 다 나으면 우리 예전에 놀러 갔던 강에, 또 가까?"

"어. 그때는 라면 끼리지 말고 바로 짜장면 사 묵자."

아빠는 싱긋 웃고는 다시 걷기 시작했다. 환자복을 입은 채 구부정하게 걷는 아빠의 모습이 새삼스레 눈에 들어와 방금 전의 대화가 슬픈 드라마 속 대사 같다는 생각이 들었다. 나는 바닥으로 고개를 떨구었다.

"아이고… 아이고… 아이고……."

한 조문객이 곡소리를 내며 빈소로 들어왔다. 놀라 쳐다보는 것도 잠시, 나는 엄마와 할머니를 따라 일어섰다. 조문객은 향을 피우고 절을 하면서도 계속 곡소리를 냈다. 억지로 우는 소리를 내는 것 같아 웃음이 나왔지만 차마 웃을 수 없어 입술을 꽉 깨문 채 고개를 숙이고 맞절하기만을 기다리는데, 옆에서 할머니가 곡소리를 따라 울기 시작했다.

"아이고, 흠아… 흠아……."

아빠의 이름을 부르며 우는 할머니를 보니 나도 눈물이 날 것 같았다.

할머니는 조문객이 간 뒤에도 한참을 울다가 어느새 넋을 놓고 앉아 있었다. 그런데 큰아버지네 손주가 아장아장 걸어오자 반색을 하며 덥석 안는 것이 아닌가.

"아이고, 우째 이리 이쁘노."

"참 내, 아들이 죽었는데 증손주 이쁜 게 짐 눈에 들어오나?"

옆에 있던 엄마가 혼잣말처럼 푸념을 하는데, 조문객의 곡소리에 웃음이 나던 나를 혼내는 것만 같았다. 나는 할머니의 모습도 엄마의 푸념도 싫어 큰방을 나왔다. 혼자 있고 싶었지만 집 안에는 그럴 만한 곳이 없었다.

결국 나는 현관 밖으로 나와 계단에 앉았다. 모든 것이 낯설고 어색했다. 집 안의 풍경, 할머니의 울음, 엄마의 슬픔, 심지어 내 모습까지도……. 나는 크게 숨을 쉬며 마음을 가라앉혀 보았다.

"스무 날도 넘게 암것도 몬 묵었어요. 메칠 전부터는 정신도 왔다 갔다 카고……."

안에서 엄마의 목소리가 들렸다.

"올 낮에 수녀님하고 기도 단원들이 치유 기도 한다꼬 오싱는데, 단장님이 남편 상태를 딱 보더니 임종에 가까븐 것 같다고 카더라고요. 치유 기도가 아이고 짐 임종 기도 해야 된다꼬······."

"마이 본 분이라 알아봤나 보다."

"그래가 제가 남편에게 상황을 얘기하고 임종 기도하까
카니깐 손을 이래 이래 저서요. 싫다카는데 두 번 묻기도 그
캐가 그냥 있는데 단장님이 직접 캤어요. 임종 기도를 해야
된다꼬. 그카니깐 이번에는 가마이 있더라고요."

"그래가예?"

"그거를 인자 허락한 걸로 알아듣고 다 같이 기도를 시작
했어요. 근데 하는 와중에 남편이 더 하라는 듯이 손을 위
로 막 저서요. 그래가 더 큰 소리로 하는데⋯ 이내 숨을 거
뒀어요."

엄마의 말이 끝나자 집 안이 조용해졌다.

"아는 같이 있었으예?"

"학교에······."

"가들은 쫌 알고 있었으예? 아부지가 돌아가실 거라는
거를."

사람들의 낮은 탄식이 들렸다.

"미리 말은 몬 해줬어요. 남편은 아무것도 몬 무가 빼
짝 말라 가는데 지켜보는 것만 해도 너무 힘들고 계롭어
가······. 임종이 멀지 않았구나 싶었지만, 그카기가 너무 싫

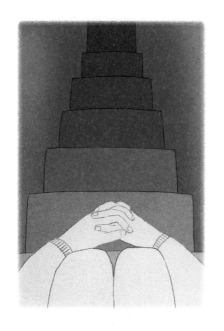

맥주 하나 가온나

었어요. 아한테 말 할라카이 너무 고통스러웠어요."

엄마는 울먹이다 다시 말을 이었다.

"암이 재발하니깐 남편은 맘을 딱 묵었는지 그때부터 아하고 정을 떼더라고요. 부르지도 않고 가까이도 몬 오게 하고. 진짜 아를 이뻐했는데……."

엄마의 목소리는 울음으로 바뀌었다. 나는 무릎을 끌어 안았다.

늦은 밤, 조문객들이 가고 난 뒤 엄마는 우리와 친척들의 잠자리를 준비하며 방을 나누었다.

"뽀아, 어서 잘끼고? 큰방에는 내하고 이모가 자고, 옆방에는 이모부가 주무시기로 했다."

"나는 공부방에서 똑이랑 잘 끼다."

"거는 불편할 낀데. 큰방에서 엄마랑 같이 자자. 어?"

공부방은 원래 다용도실로, 타일 바닥 위에 장판을 깔고 책상을 하나 둔 곳이다. 책상을 겨우 넣었을 정도로 작은 크기에 난방도 안 되지만, 친척들과 자기는 싫었다. 하루 종일 어른들의 시선을 받아 온 터라 잠이라도 따로 자고 싶었다. 동생도 나와 같은 마음인지 공부방에서 자겠다고 한다.

실랑이 끝에 나와 동생은 이불과 베개를 받아 들고 공부 방으로 갔다. 막상 누워 보니 방은 생각했던 것보다 더 좁 았다. 우리는 책상 위에 의자를 올리고 책상 밑으로 다리를 뻗고 나란히 누웠다. 머리끝은 벽에 닿고 어깨는 동생과 닿 았지만 그런대로 잘 수 있을 것 같았다.

동생은 금세 잠이 들었다. 나는 눈을 감고 엄마가 했던 이 야기를 찬찬히 떠올려 보았다.

아빠는 투병 중에 나와 동생을 거의 부르지 않았다. 어쩌 다 불러도 엄마 좀 오라고 해라는 말이 전부였다. 나도 아빠 가 부르지 않으면 굳이 가지 않았다. 앙상하게 마른 아빠의 모습이 보기 불편했고, 통증으로 고통스러워하는 소리도 듣기 괴로워서였다. 그러다 보니 어느 순간부터 아빠의 투 병 생활은 나와는 먼 일처럼 되었다. 언젠가 낫겠지라고 막 연히 생각했는데 이렇게 갑작스레 아빠의 죽음을 맞닥뜨릴 줄은 몰랐다.

'오락실을 안 들렀으면, 아빠의 임종을 볼 수 있었을까?'

나는 이불을 끌어 올려 머리끝까지 덮었다.

둘째 날, 나는 할머니와 같이 오전 내내 빈소를 지켰다. 조문객도 없는데 자리를 계속 지키고 있자니 좀이 쑤셨다.

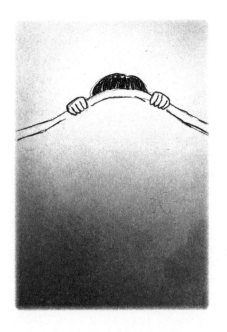

이미 할머니에게 상주가 자꾸 자리를 비운다고 한 소리를 들은 터라 마음대로 자리를 비울 수도 없어 한 번씩 화장실 가는 것으로 갑갑함을 달랬다.

"뽀아, 여 학교 친구들이 왔다."

엄마의 말에 거실로 나가 보니 친구들 몇이 현관 앞에 서 있었다. 친구들이 올 거라고는 생각도 못했는데 뜻밖이었다.

"야, 나가가 이야기하자."

계단을 내려가 1층 밖으로 나왔다.

불과 하루 밖에 안 되었는데 오랜만에 집 밖으로 나온 것 같았다. 익숙한 거리 풍경과 친구들을 보니 나만 혼자 어디 먼 곳을 다녀온 듯한 기분이 들었다. 긴장이 풀려 크게 기지개를 켰다.

"우예 알고 왔노?"

"쌤이 종례 때 캐주더라."

"아, 그캤구나."

"너거 아빠가 아프셨다는 거를 몰랐다."

당연하다. 친구들에게 내 이야기를 한 적이 없기 때문이다. 나는 아빠의 병과 돌아가시기 전까지의 투병 생활에 대해 짧게 말해 주었다. 친구들은 내 말을 듣는 내내 아무런 말이 없었다. 잠시 침묵이 흐른 뒤 한 친구가 물었다.

"학교엔 언제 나오노?"

"아마 다음 주? 모르겠다. 엄마한테 물어봐야 알지 싶다."

"그래? 카면 학교에 나오면 보자. 우리는 인자 가께."

"어. 와 줘가 고맙데이. 잘 가래이."

저녁이 되자 조문객이 더 많아졌다. 나는 계속 앉았다 일어서며 맞절을 했다. 할머니가 잠시 자리를 비운 사이 나도 방에만 있기 갑갑해 동생을 불러다 앉혀 놓고 거실로 나왔다. 여기저기 술판이 벌어졌고 담배 연기도 자욱했다. 사람들은 웃고 떠들다가 늦게 온 일행과 반갑게 인사를 주고받았다.

'우리 집은 장례 치르고 있는데, 와 다들 웃고 떠드노?'

"야."

화투를 치던 아저씨가 얼굴이 벌건 채로 나를 불렀다.

"예?"

"여 맥주 하나 가 온나."

장례 중인 집에서 화투 치고 노는 것도 모자라, 상주인 나에게 술을 가져오라니 화가 났다.

"맥주 하나 가 온나 안카나."

맥주 하나 가 온나

대답도 없이 가만히 서 있자 아저씨는 아까보다 더 큰 소리로 말했다. 주변 사람들이 나를 쳐다봤다. 화가 나고 속상했지만 뭐라 대꾸도 하지 못하고 이모에게 물어 큰방 뒤쪽 베란다로 맥주를 가지러 갔다.

베란다 문을 열고 두리번거리는데 안쪽에 흰 천으로 덮인 게 보였다. 들어가서 보니 바르게 누운 사람 위에 천을 덮은 형태였다.

'아빠가?'

돌아가셨다는 사실이 와닿지 않았는데, 막상 아빠의 시신이라고 생각하니 당혹스러웠다. 아빠는 바로 눕지 못해 항상 옆으로 누워 있었는데……. 천을 들춰 보고 싶었지만 그럴 용기는 나지 않았다.

한동안 서 있다 돌아서는데 입구 쪽에 놓인 맥주가 보였다. 나는 맥주를 가지고 나와 술상에 탁 올려놓고는 큰방으로 갔다.

||||||||||||||||||||||||||||||

"뽁아, 반찬 들고 병원 갔다 온나 안카나."

이모의 목소리가 날카로워졌다. TV에 한창 재미있는 장면

이 나오고 있어 이모의 재촉에도 조금만 더 보고 가겠다며 앉아 있었는데, 더 이상은 버틸 수가 없었다. 동생이 대신 갔다 오면 좋으련만 그러기엔 아직 어렸다. 하는 수 없이 일어나 방을 나오는데 동생이 TV를 보며 깔깔거렸다. 괜히 심술이 났다.

반찬 보따리는 이미 현관 앞에 놓여 있었다.

"자는 저거 아빠가 병원에 누버 있는데 우째 저카노."

신발을 신고 반찬 보따리를 들고 나서는데, 이모의 한숨 섞인 핀잔이 내 등을 쳤다.

병원으로 가는 버스 안에서 아까 봤던 TV 장면이 생각났다.

'퍼뜩 갔다 오면 마저 볼 수 있겠지? 아이다, 거의 끝날 때였지. 갔다 오면 이미 끝났겠다.'

교차로에서 버스가 크게 좌회전을 했다. 몸을 가누느라 손잡이를 꽉 움켜 잡았다. 반찬 보따리로 무게가 쏠리면서 잡은 손이 아파 왔다.

'이모는 언제까지 우리 집에 있는 기고? 아빠가 입원해 있는 동안 있기로 했다카이, 퇴원하믄 다시 가겠제? 근데 아빠는 언제 퇴원하노? 계속 반찬 심부름하기 귀찮은데. 담에는 동생한테 같이 가자 카까? 그카면 덜 심심하겠제?'

이런저런 생각을 하다 보니 병원에 다다랐다.

병실에 들어서자 자고 있는 아빠가 보였다. 침대 옆에 앉아 있던 엄마는 문소리에 뒤를 돌아보고는 나를 맞았다.

"왔나. 들고 오니라 무거벘제?"

"어."

엄마에게 반찬 보따리를 건네주고 침대 옆 의자에 앉았다.

"뽁아, 여 잠만 있어 봐래이. 내 좀 갔다 오게."

"어? 내 바로 갈 끼다."

나는 갑작스런 엄마의 말에 당황하며 말했다.

"접수처에 갔다 올 끼다. 잠만 있으면 된다."

대답할 새도 없이 엄마는 병실을 나갔다.

'아, 우야노. 엄마가 오기 전에 아빠가 깨면 안 되는데.'

혹여나 아빠가 깰까 조용히 앉아 있는데 시간이 더디게 갔다.

'엄마는 지금 접수처에 도착했겠나? 수납하는 거면 내가 하믄 되는데.'

"으……."

낮은 신음 소리가 들렸다. 아빠를 보니 얼굴을 찌푸린 채 실눈을 뜨고 있었다. 통증에 잠이 깬 것 같았다.

"엄마는?"

아빠가 마르고 갈라진 목소리로 물었다.

"접수처에 잠깐 갔다 온다 캤다."

아빠는 다시 눈을 감았다. 나는 가만히 앉아 어서 엄마가 오기만을 바랐다.

"뿍아, 내 왔다."

"아빠 깼다."

나는 작고 빠르게 말했다.

"그래?"

엄마는 아빠의 상태를 살폈다.

"통증이 마이 심하나? 약 주까?"

아빠는 눈을 감은 채 고개를 저었다.

나는 엄마를 재촉해 빈 반찬통을 보자기에 싸게 했다. 그 사이 아빠의 통증이 심해지면 어쩌나 싶어 가슴이 조마조마 했다. 통증으로 고통스러워하는 아빠를 보는 것이 괴롭기 때문에 어서 자리를 피하고 싶었다.

보따리를 받아 들고 인사한 다음 병실을 나섰다.

'아빠는 도대체 언제 낫는기고.'

재수술을 했는데도 차도가 있어 보이지 않았다. 오히려 상태가 더 나빠진 것 같았다. 점점 야위어 갔고 통증도 심해졌다. 그런 아빠를 보기가 싫었다. 매번 반찬 심부름을 하는 것도 싫었고 이모가 우리 집에서 같이 지내는 것도 싫었다. 아파서 계속 누워 있는 아빠가 원망스러웠다.

정류장을 향해 터덜거리며 걸었다. 집으로 가는 버스가 오

는 것이 보였지만 뛰고 싶지 않았다.

　부산스러운 소리에 잠이 깼다. 창밖이 어슴푸레한 것이 이른 새벽 같은데 어른들은 벌써 일어난 듯하다. 낮은 목소리라 알아들을 수 없지만, 익숙한 목소리 사이로 한 번씩 낯선 목소리가 들렸다. 간간이 훌쩍이는 소리도 들렸다.

　'조문객이 왔나. 인나야 되나?'

　너무 피곤해서 일어나기가 귀찮았다. 잠시 고민하다 다시 잠을 청했다.

　"뽁아, 똑아, 인자 인나래이."

　엄마가 깨우는 소리에 눈을 떴다. 창밖은 어느새 환했다. 거실로 나가니 모두 나갈 채비를 하고 있었다.

　"짐 나서야 하니깐 어여 준비해래이."

　성당으로 가 장례미사를 드리고 장지로 출발한다고 했다. 나는 서둘러 옷을 갈아입고 밖으로 나갔다. 어른들은 음식과 짐을 운구차에 싣느라 바빴다. 나는 영정 사진을 받아 들고 차에 탔다. 준비가 끝나자 가족과 친척들이 모두 차에 올랐다.

　성당은 집과 지근거리라 금방 도착했다. 어른들이 운구차에서 관을 내렸다.

'어? 아빠를 언제 관으로 옮겼지?'

"뽁아, 일로 온나."

성당 문 앞에서 이모가 손짓했다.

"야가 상줍니더."

이모는 옆에 있던 수녀님에게 말했다. 수녀님은 곧바로 나에게 미사 시작 때 입장하는 행렬에 대해 알려 줬다. 곧 미사가 시작되었고 나는 수녀님께 들은 대로 정면의 제단을 향해 영정 사진을 들고 천천히 걸었다. 내 뒤로 어른들이 관을 들고 따라왔다. 제단 앞에 관이 내려졌다. 나는 관 앞에 영정 사진을 놓고 엄마 옆으로 가 앉았다.

'밤사이 옮긴 거가? 진짜로 관 안에 아빠가 있다고?'

계속 아빠의 얼굴을 떠올려 보았다. 배짝 마른 팔다리와 옆으로 누운 뒷모습만 생각날 뿐 얼굴은 그려지지 않았다. 영정 사진은 건강할 때의 모습이라 엊그제 본 아빠의 얼굴은 아니었다.

'그때 천을 들차 볼 껄……'

장례미사 후 운구차는 관을 싣고 장지로 달렸다. 산 초입에 도착해 모두 함께 관을 들고 나지막한 산을 올랐다. 산 중턱에 마련된 묏자리로 가니 이미 구덩이가 파여 있었다. 꽤 깊어 보이는 것이 내려선다면 어른 가슴팍까지 올 것 같왔다.

"너거는 저짜 비켜 있거라."

관이 묻히는 것을 보려고 어른들 사이로 이리저리 기웃
거리는데 큰아버지의 굵은 목소리가 들렸다. 힐끔 쳐다보니
관을 내려다보는 큰아버지의 표정이 슬퍼 보였다.

묏자리 뒤쪽 산비탈 위에서는 구덩이 안이 잘 보일 것 같
다. 동생을 불러 같이 산비탈에 올랐다. 이제 흙을 막 덮기
시작했다. 관은 흙에 덮여 금방 사라졌다. 이내 구덩이도 메
워져 주변과 같이 평평해졌다. 그 위로 흙을 쌓아 봉분을
만들기 시작하자 어른들은 그늘에 자리를 잡고 앉았다. 두
리번거리던 엄마는 우리를 발견하고는 오라고 손짓을 했다.
나는 고개를 가로젓고는 그대로 앉아 봉분 만드는 것을 지
켜보았다. 동생은 내 옆에서 풀을 뜯으며 놀았다.

잠시 뒤 큰아버지가 아빠의 옷가지를 가져와 한 곳에 모
은 뒤 불을 붙였다. 옷가지에 불길이 오르자 시커먼 연기가
솟아올랐다. 나와 동생은 가만히 불길을 바라보았다. 큰아
버지가 긴 막대로 불 붙은 옷가지를 뒤적이고는 우리 쪽으
로 고개를 돌렸다. 여전히 슬픈 표정이었다.

장례를 마치고 집으로 돌아왔다. 한바탕 폭풍이 지나간

것처럼 집 안이 휑했다. 엄마와 나, 동생은 빈소가 차려졌던 큰방에 모여 앉았다.

"아빠가 항상 누버 있었는데 없으니깐 이상하다."

혼잣말처럼 중얼거리는 동생의 말에 갑자기 가슴이 저렸다.

"엄마, 나는 아빠가 돌아가실 줄은 진짜 몰랐다."

나는 왠지 모를 억울한 마음에 엄마를 보고 말했다.

"나도. 이래 아프다가 다시 나을 줄 알았지."

동생이 울먹였다.

"그자……."

엄마는 훌쩍이며 눈물을 훔쳤다. 나는 그간의 감정이 북받쳐 올라 설움을 쏟아내듯 말했다.

"와 미리 말을 안 해 줬노? 그날 집에 왔을 때 내가 얼매나 놀랐는데. 이래 갑자기 돌아가실 줄은 진짜 몰랐다!"

엄마는 연신 눈물을 훔칠 뿐 아무런 대답도 하지 않았다.

"나는 아빠가 돌아가셨다 카는 게 아직도 안 믿긴다. 관 안에 아빠가 없는 거 같고 그냥 관만 묻고 온 거 같다. 지금이라도 아빠가 방문 열고 뿌아 카면서 들어올 것 같다."

무언가가 가슴속을 콱 치자 눈물이 하염없이 흘렀다.

사각형의 카메라, 타원형 렌즈, 렌즈에서 사선으로 그은 선들. 아빠가 나뭇가지로 모래 강변에 그림을 그렸다.

"카메라는 이래 생겼데이."

"어."

"카메라 안에 필름이 있고, 렌즈를 통해가 들어온 풍경이 필름에 찍히는 기다."

"어."

"카고 사진 찍을 때 조심할 게 있데이."

계속해서 아빠의 설명이 이어졌지만, 나는 사진을 찍을 때 흔들리면 안 된다는 것만 알아들었을 뿐 나머지는 이해할 수 없었다. 하지만 빨리 사진을 찍고 싶은 마음에 알아들은 척 연신 고개를 끄덕였다. 긴 설명이 끝나고 아빠는 나에게 카메라를 주며 말했다.

"인자 함 찍어 봐라. 찍을 때 흔들리면 안 된데이."

나는 카메라를 받아 들고 카메라 몸통에 난 조그만한 사각형 투명창에 오른쪽 눈을 댔다. 카메라를 통해 보이는 강의 풍경이 신기했다. 사각형 선 안에 강변과 우리가 타고 온 나룻배가 들어오도록 한 뒤 흔들리지 않게 숨을 참았다. 그리고 버튼을 눌렀다. 찰칵 소리가 났다. 카메라에서 눈을 떼고, 톱니바퀴처럼 생긴 필름 레버를 엄지손가락 끝으로 눌러 돌렸다. 따다다닥. 태엽을 감는 듯한 소리가 났다. 끝까지 레버를 돌린 뒤, 다시 한번 카메라에 눈을 대고 이번엔 나를 바라보고 있는 아빠를 찍었다. 찰칵 소리가 듣기 좋았다. 동생이 옆에서 자기도 한번 찍어 보겠다며 달라고 졸랐다.

나는 필름을 감아서 동생에게 카메라를 건네주었다. 동생은 카메라에 눈을 대고 주변을 이리저리 둘러보기 시작했다. 갑자기 찰칵 하는 소리가 났다.

"찍을 때 움직이면 안 된다 카이."

나는 필름을 감으며 동생에게 알려 주었다. 동생은 다시 카메라에 눈을 대고 여기저기를 둘러봤다. 그러다 다시 찰칵 하고 소리가 났다.

"내 줘 봐라. 우예 찍는지 함 보여 주께."

나는 카메라에 눈을 대고 한 곳을 가만히 응시했다.

"찍기 전에 내처럼 가마이 있어야 돼. 그카고 숨을 참아."

숨을 참는데 침이 꼴깍 넘어갔다. 동생이 움직였다며 웃었다. 나도 웃음이 났다. 꾹 참아 보았지만

결국 웃음이 터져 나왔다. 동생과 나는 깔깔 웃어 댔다.

그 뒤로는 사진 찍을 때 서로 웃기고 웃음을 참는 놀이를 하며 시간을 보냈다.

"야들아, 점심 묵자."

"아빠, 짜장면!"

오는 길에 버스 정류장 앞에 있던 중국집이 생각났다.

"나도, 나도."

동생도 신나서 거들었다.

"글로 갈라면 다시 배 타고 나가야 한다. 라면 끼리가 묵자. 모닥불에 끼리 무면 훨씬 더 맛있다. 어떻노?"

모닥불에 라면을 끓이는 모습을 상상해 보니 마치 모험 이야기 속 주인공이 된 것 같아 좋다고 했다. 동생도 나를 따라 좋다고 했다.

동생과 나는 곧장 주변을 돌아다니며 나뭇가지와 지푸라기를 주워 모았다. 아빠는 바닥을 적당히 파고 지푸라기와 잔가지들을 넣었다. 그리고 큼지막한 돌을 주워와 구덩이 주위에 둘러쌓은 다음 그 위에 굵은 나무를 얹어 냄비를 올려 둘 수 있게 만들었다. 모양이 제법 근사했다.

아빠가 지푸라기에 불을 붙이자 화르르 하고 불이 일며 잔가지로 옮겨 붙었다. 아빠는 적당한 크기의 나무를 중간중간

넣어 불을 키웠다. 그리고 양은 냄비에 물을 붓고 라면과 스프를 넣은 뒤 굵은 나무 위에 올려 두었다. 라면이 끓기를 기다리는 동안 나는 나뭇가지를 다듬어 젓가락을 만들었다.

모닥불로 라면을 끓이는 것은 생각보다 오래 걸렸다. 물은 살살 끓기만 하고 면은 설익은 상태로 퉁퉁 붇기만 했다. 나는 빨리 익으라고 면을 휘저어 보았지만 별 소용이 없었다. 동생은 언제 먹을 수 있나며 조르기 시작했다. 나도 점점 배가 고파졌다.

"진짜 다 됐다. 인자 묵자."

한참을 더 끓인 뒤 아빠가 라면을 저으며 말했다. 동생과 나는 환호성을 질렀다. 아빠는 냄비를 꺼내기 위해 긴 나뭇가지를 들고 왔다. 나와 동생은 델세라 뒤로 물러섰다. 그런데 냄비 손잡이에 나뭇가지를 거는 순간 냄비를 받치고 있던 굵은 나무가 부러지며 냄비가 엎어지고 말았다. 라면을 끓이는 동안 냄비를 받치고 있던 부분이 타 버린 것이다.

"으악!"

나와 동생은 비명을 질렀다. 아빠는 냄비를 재빨리 뒤집었지만 이미 라면은 모래와 재가 엉켜 먹을 수 없는 상태가 돼 버렸다.

"아빠, 우야노……."

나와 동생은 쏟아진 라면과 아빠를 번갈아 보았다. 한동안 라면을 내려다보던 아빠는 어쩔 수 없다는 듯 큰 숨을 쉬며 말했다.

"다시 끼릴 수는 없고……. 짜장면 무로 가자."

"아싸!"

언제 그랬냐는 듯 동생과 나는 신나게 소리를 질렀다. 우리는 서둘러 짐을 정리하고 나룻배를 탔다. 아빠는 배낭을 내려놓고 뱃머리 쪽으로 가 털썩 앉았다.

"하필 다 됐을 때 뿌러질 게 머꼬. 아쉽구로."

"개안타 아빠. 대신 짜장면 묵잖아."

아빠는 내 말에 빙그레 웃었다.

배가 출발하자, 동생은 배 밖으로 손을 내밀어 물장난을 치기 시작했다. 나도 강물에 손을 넣어 보았다. 물살의 감촉이 부드러웠다.

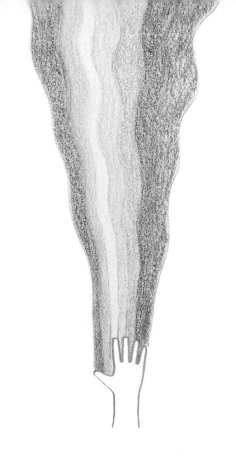

글 · 그림 양길석

불

주사

불

주사 _____

양 길 석

"자, 다들 왼쪽 어깨가 보이도록 소매를 올리세요."

알코올램프에 달군 주삿바늘이 어깨에 닿기도 전에 아이들의 얼굴은 이미 잔뜩 찌푸려지거나 울상이 된다.

"불꼬챙이로 찌르는 것 같았어!"

"아냐, 하나도 안 아파!"

앞서 예방접종을 끝낸 옆 반 아이들이 교실 복도 쪽 창문으로 머리를 내밀어 지렁이마냥 구불구불하게 복도에 늘어선 우리 반 아이들에게 겁 주기와 응원을 반복한다.

'쳇, 병 주고 약 주기냐?'

드디어 내 차례다.

'난 오른팔이 더 용감한데……'

나는 잔뜩 긴장한 왼쪽 어깨를 주사기 쪽으로 아무렇지도 않은 듯 내밀었다. 뜨거운 주삿바늘이 기분 나쁘게 쑥 들어온다. 참았던 숨이 가는 신음과 함께 절로 새어 나온다.

아프다.

너무 아프다.

그 겨울의 불 주사는 너무 아팠다.

물

봄비가 내려 물이 불어난 산골짜기 개울은 뱃놀이하기에 딱이다. 아침밥을 후딱 먹어 치우고 눈에 보이는 옷을 대충 걸쳐 입었다.

"엄마, 갔다 올게!"

신발을 제대로 신기도 전에 몸은 이미 달리기 시작한다.

동네는 연둣빛으로 곱게 물든 산과 나무에 둘러싸여 있다. 들이마시는 아침 공기에도 푸른 풀 냄새가 배인 듯하다. 비가 온 뒤라 산 중턱 저수지로부터 짙은 물안개가 골짜기를 타고 폭포처럼 흘러 내려온다. 온 동네가 솜이불에 덮였다. 몽실몽실한 안개 때문에 앞이 잘 보이진 않았지만, 갑자기 눈앞에 나타나는 나무와 울타리를 피해 달려 나가는 것도 짜릿하다.

'여름에 소독차를 따라다닌 보람이 있네.'

괜스레 뿌듯해서 혼자 킬킬거린다. 구겨 신은 운동화를 다시 고쳐 신고 아이들이 모여 있을 개울가로 달음질쳤다. 도착하자마자 개울가 방죽에 올라서서 오늘은 누가 왔나 경쟁자들을 한번 쓱 훑어본다. 개울로 내려가는 길에 유난히 크고 튼튼해 보이는 나뭇잎 두 장을 구해서 배와 돛을 만든 다음 나뭇가지로 꽂는다.

'출동 준비 완료!'

개울 양쪽에 선 아이들은 와자지껄 떠들면서 자신이 만든 배를 일렬로 세운다. 한순간 긴장감이 감돌며 조용해진다. 경주가 시작되자 선수들은 개울물에 떠내려가는 배를 따라가며 고함을 쳐 보지만, 생각만큼 신통치 않다. 결국 아이들은 하나둘 자신의 밑천을 꺼내 놓기 시작한다. 집에서 가져온 플라스틱 컵이나 비눗갑 뚜껑, 심지어 깨진 바가지까지 등장한다. 이에 질세라 나도 신고 있던 내 운동화 한 짝에 운명을 걸어 보기로 한다.

"하나, 둘, 셋, 출발!"

내 배가 가장 힘차게 앞서 나간다. 하지만 이내 빙글빙글 돌더니 순식간에 내 운명과 함께 누런 흙탕물 속으로 가라앉아 버렸다. 설마설마했던 내 가슴도 철렁 내려앉는다. 걱정스러운 표정으로 쳐다보는 아이들을 뒤로하고 나는 패잔병이 되어 터덜터덜 집으로 돌아갈 수밖에 없었다. 그 운동화 뒤축으로 한 바퀴 획 돌면 구슬치기 구덩이가 잘도 만들어졌었는데…….

'에잇, 하필 오른쪽 운동화를…….'

너무 아쉽기도 하고 엄마한테 혼날 것 같아 집에 들어가기가 겁난다. 신발 한 짝이 없어진 발은 이미 진흙이 잔뜩 묻어서 내 마음처럼 무거웠지만, 어느새 집에 도착해 버리고 말았다.

아니나 다를까 자기 물건을 잘 챙기지 못했다고 엄마한테 등짝을 아주 찰지게 맞았다. 그래도 아쉬움과 두려움을 눈물로 씻어 내고 나니 오히려 속이 후련해지고 이내 다시 나가서 놀고 싶어졌다. 또 나가려면 반성하는 모양새라도 보여야 한다. 잠깐만 방바닥에서 뒹굴뒹굴하며 시간을 보내려고 했는데 스르륵 잠이 들고 말았다.

바람

여름 숲과 들판은 먹거리로 가득하다. 나는 이른 아침부터 산자락에 있는 잘 익은 열매들을 찾아 나섰다. 집 근처 밭에 있는 참외나 딸기를 노리기에는 아침부터 부지런한 이웃집 단양 할배 때문에 쉽지 않다. 지난번처럼 서리하다가 걸리면, 할배한테 새끼 고양이처럼 목덜미를 잡힌 채 집으로 끌려갈 것이고, 그러면 엄마는 연신 허리와 고개를 숙일 것이다. 엄마한테 등짝을 맞으면 엄청 아프기도 하지만 할배한테 엄마가 또 그러는 건 웬만하면 다시 보고 싶지 않다.

서리를 포기하고 넝쿨 더미를 뒤적거리며 새빨갛게 익은 산딸기와 보리수 열매들을 하나씩 모았다. 작년에 찜해 놓은 머루 녀석은 아직이다. 오늘은 아침부터 후덥지근해서인지 이슬에 옷이 젖어도 시원하기만 하다. 산골짜기에서 시원한 바람이라도 불어와 산자락을 한번 훑고 지나가면 이슬에 젖은 팔뚝에는 금세 닭살이 돋았다.

지난번엔 검붉은 오디를 골라 뽕나무 잎에 싸서 야구 경기를 하기로 한 공터까지 갖고 가다가, 흘리기도 하고 뭉개지기도 했다. 하지만 어제 아빠가 사 준 야구 글러브에 오디를 넣어 가면 괜찮을 듯싶다. 그러면 잘 익은 열매를 형들에게 많이 줄 수도 있고 새 야구 글러브까지 갖고 가니 외야수는 따 놓은 당상이다. 글러브가 없었을 땐 공터 가장자리까지 흘러나온 공만 주울 수 있었고 그마저도 두 손 사이로 흘러 버려 알까기라도 하면 형들이 엄청 닦달해댔다.

공터에 도착해 형들에게 새 글러브와 열매를 보여 주니 열매를 한 줌씩 입에 털어 넣고 오물거린다. 외야수를 해도 좋다고 흔쾌히 허락하는 걸로 보아 내가 낸 참가비가 꽤나 마음에 든 모양이다.

경기가 시작되고 어느덧 공격할 차례가 되었지만 사람 수가 많다 보니 내 순번이 올까 싶다. 시원한 바람이 불어오는 아카시아 나무 그늘에 앉아 왔다 갔다 하는 공을 눈으로 좇고 있는데 한 녀석이 놀라운 말을 한다.

"그거 알아? 조기 언덕 아래 공사장에 나무 많이 쌓아 둔 곳 알지? 거기에 형들이 비밀 아지트를 만들었대! 지난번에 기찬이가 자기 형 따라가 봤는데 대나무 활하고, 일지매 표창하고, 엄청 신기한 것들도 많고, 지포 라이터도 봤대!"

마치 자기가 가 본 양 아주 자랑스레 떠벌린다. 난 관심 없는 듯 시큰둥한 표정으로 슬쩍 물어본다.

"우리도 갈 수 있나?"

"안 될걸. 자기 형 따라가거나 아니면 형들이 허락하는 애들만 갈 수 있다는데⋯⋯."

갑자기 고민이 생겼다. 없는 형을 만들어 낼 수도 없고, 어떻게 하면 형들에게 인정받아서 비밀 아지트에 가 볼 수 있을까.

몇 번의 공수가 오가고 다시 수비가 되었지만, 나에게는 한 번도 공이 오질 않아 지루하기만 하다. 공터 가장자리에서 어슬렁대던 기찬이가 어디서 구했는지 못 보던 글러브를 손에 끼고 어느새 나에게 다가와서 수작을 부린다.

"이젠 내가 수비 할래."

"안 돼. 저리 가."

"나도 이제 글러브 있다구."

"저리 가라구. 지금 게임 중이잖아."

나는 기찬이를 쳐다보지도 않고 잠결에 귀찮게 하는 파리를 내쫓듯 손을 휘휘 내젓는다.

'내가 아침부터 얼마나 고생했는데⋯⋯.'

야구 경기를 함께 하려면 글러브 말고도 참가비가 필요하다는 걸 이 녀석에게 알려 주고 싶은 마음은 조금도 없다. 자기 형 따라 비밀 아지트를 갔다 와서 그런 건지 나보다 한

살 적은 녀석에게는 내가 만만하게 보이나 보다. 요즘 들어 동네 아이들 중에서 유독 나에게 더 떼를 쓴다는 생각이 들자 갑자기 열이 받는다. 문득 옆으로 고개를 돌려 보았다. 아무 대꾸도 없던 녀석이 내 옆에 나란히 서서 나처럼 자세를 낮추고 수비수인 척하고 있다.

"내 자리라고! 저리 가라고!"

"……."

녀석은 머리에 맞지도 않는 자기 아빠 회사 모자를 푹 눌러쓰고 아무런 대꾸도 하지 않는다. 더는 어쩌지 못하고 고집쟁이 녀석을 노려보면서 혼자 씩씩대고 있는데 갑자기 홈쪽에서 환호성이 일었다.

"와!"

"달려!"

다들 나를 쳐다보길래 서둘러 주위를 살피니 내 뒤쪽으로 공이 미끄러지듯 멀어져 가고 있다. 기찬이랑 티격태격하는 사이 공을 놓친 것이다. 재빨리 뒤쫓아 가 공을 주워 던져 봤지만 이미 늦었다. 형들의 한탄과 짜증 내는 소리가 들려온다.

"너 때문이잖아!"

형들 보란 듯이 크게 소리치며 오른 주먹으로 기찬이의

얄미운 얼굴을 쥐어박고 왼손에 낀 글러브로 모자 쓴 머리를 몇 대 더 때려 줬다. 돌부처처럼 가만히 있던 녀석이 갑자기 울음을 터뜨린다. 빨간 모자 아래로 빨간 코피가 흘러내리는 게 보인다. 손으로 코를 부여잡고 고개를 뒤로 젖힌 채 울면서 집으로 돌아가는 녀석을 보니 짠하기도 하고 걱정도 된다.

'젠장, 되는 일이 하나도 없네.'

하늘에서 굵은 빗방울이 하나씩 떨어진다. 아이들은 글러브를 우산 삼아 다들 자기 집으로 뛰어간다. 미리 약속이나 한 듯 흩어지면서 인사도 없다.

그냥 집으로 가기에는 아쉬워 나무 밑에서 비를 잠깐 피하다가 털레털레 집으로 향했다. 집 대문에 가까워지자 사람 말소리가 들린다. 녹슨 대문에서 삐거덕 소리가 나지 않게 조금만 열어 문틈으로 안을 들여다보았다. 기찬이와 기찬이 엄마다. 기찬이 엄마가 울 엄마에게 쉬지 않고 땍땍거리고 있다. 유난히 반짝거리는 안경을 쓴 기찬이 엄마의 얼굴 앞에 힘없이 굳어 있는 울 엄마의 얼굴이 새하얗다. 한쪽 콧구멍에 휴지 뭉치를 끼워 넣고 최대한 불쌍한 표정을 지으면서 두리번거리는 기찬이도 보인다. 나는 재빨리, 조용히 집 뒤로 돌아가 빗방울이 떨어지는 을씨년스런 처마

밑에 웅크리고 앉았다.

'나도 기찬이처럼 엄청 불쌍한 표정을 지으면 엄마한테 쫌 덜 혼나지 않을까?'

괜스레 서글프다. 하늘을 올려다보며 불쌍한 표정을 지어 본다. 태풍이라도 오는 걸까. 비디오 '빨리 감기'를 누른 것처럼 시꺼먼 먹구름들이 바람에 쫓기어 달려간다.

저 구름처럼 시간도 빨리 지나가서 당장 내일이 되면 좋겠다.

땅

_____ 가을 낙엽은 은근 귀찮다. 땅 위의 단풍잎들은 가을 운동회 박 터트리기에서 나오는 오색 종이 조각들을 뿌려 놓은 듯 이쁘기는 하다. 그래도 땅따먹기나 구슬치기라도 할라치면 여간 귀찮은 게 아니다. 쌓여 있는 낙엽을 발로 쓱쓱 치워 내며 좋은 돌멩이를 찾기도, 구슬치기 구덩이를 파기도 쉽지 않기 때문이다.

일찍 나온 탓인지 공터에는 몇 명밖에 보이질 않았다. 기찬이 녀석도 있다. 지난번 일 이후로 미안하다는 말은 하지 않았지만, 야구 참가비에 대해 알려 주고 종종 외야수 자리를 양보해 주는 것으로 셈하였다.

요 근래 유행하는 놀이는 잠자리 싸움과 가재 싸움이라 오늘은 아이들과 개울 방죽으로 가서 잠자리를 잡기로 했다. 아마 이것도 지겨워지면 개울가로 내려가 가재를 잡으리라.

개울 방죽을 따라 피어 있는 코스모스 꽃들은 아직도 울긋불긋하다. 어릴 적 사진을 보면 코스모스는 내 키보다 훌쩍 컸었다. 나는 기억을 못 하지만 내가 네 살 때, 퇴근하는 아빠를 마중하러 혼자 집을 나갔다고 한다. 저녁 식사를 준비하던 엄마와 집으로 돌아온 아빠는 화들짝 놀라서 나를 찾느라 온 동네를 뒤졌다. 그러다 내복만 입고 코스모스 사이에서 보였다 안 보였다 하는 나를 찾아냈다고 한다.

아이들은 서로에게 방해되지 않게 코스모스 길 여기저기 적당하게 흩어져서 잠자리를 잡기 시작한다. 맵디매운 빨간 고추처럼 빨간 고추잠자리가 가장 싸움을 잘한다는 믿음이 있어서인지 다들 고추잠자리를 잡으려 하지만 쉽지 않다. 예전엔 양파망으로 잠자리채를 만들어 잡아 봤는데, 왠지 재미가 덜했다. 잠자리 뒤쪽으로 숨죽이고 다가가 천천히 손을 뻗어 한순간에 낚아채어 잡는 것이 훨씬 간질간

질하면서도 짜릿한 쾌감을 준다.

오늘은 운이 좋아 고추잠자리를 잡았다. 나는 잠자리의 날개를 고이 위로 접은 후, 검지와 중지 사이에 끼워 다른 아이들의 잠자리와 싸움을 붙인다. 잠자리 싸움을 한참 하다 보니 손가락 사이에 끼워진 날개가 땀에 젖어 찢어졌다. 나는 왠지 미안한 마음이 들어서 고추잠자리를 코스모스 꽃 위에 놓아두곤 다른 놀잇거리를 찾아 나섰다.

가재라도 잡을 요량으로 코스모스 너머 개울가로 내려간다. 개울은 가을 가뭄 때문인지 많이 말라서 바닥이 보인다. 동네 형들이 여기저기 흩어져 뭔가를 찾고 있는 게 보인다. 아마도 고물상에 팔 수 있을 만한 고철을 찾고 있는 것일 게다.

'어쩐지 오늘은 공터에 사람이 없더라니……'

제일 앞에는 커다란 망태기를 등에 멘 털보 아저씨가 보인다. 동네 사람들은 아저씨를 '넝마꾼'이라 불렀다. 거지 같아 보여서인지, 아니면 한 손이 없어서인지 나는 잘 모르겠다. 월남전에서 손을 잃었다는데, 동네 아이들은 아저씨 오른쪽 소매에서 튀어나온 갈고리를 아주 무서워했다. 하지만 나는 형들에게 잘 보여야 비밀 아지트 근처라도 가 볼 수가 있을 것 같아서, 개울 바닥의 바위들을 하나씩 디디며 어기적어기

적 형들에게 다가간다. 뒤를 돌아보니 다른 아이들은 개울가로 내려오지 않고 방죽 위에서 구경만 하고 있다.

'겁쟁이들.'

형들에게 괜한 말로 인사치레를 하고 나도 바닥을 훑으며 개울 아래쪽으로 내려간다. 고철을 찾으면 형들에게 주고 형들은 그 고철을 털보 아저씨의 망태기에 담는다. 아직 나에게는 털보 아저씨 망태기에 직접 넣을 만한 담도 없거니와 형들은 내가 그렇게 하는 것을 더 좋아했다. 고철 줍기가 끝난 후 형들이 받는 엿의 개수하고도 관계있는 듯했지만, 나한테는 형들에게 인정받는 것이 더 중요하니 아무래도 상관없다. 따가운 가을볕이 수그러들고 뉘엿뉘엿 땅거미가 질 때쯤 오늘의 엿 배분이 끝나고 형들이 지나가듯 말을 던진다.

"야, 내일 우리 비밀 아지트로 놀러 와."

'앗싸, 드디어!'

눈이 커지고 입꼬리가 올라가려는 걸 간신히 참고 아무렇지 않은 듯 고개를 힘차게 끄덕였다. 비 온 뒤 배수로 틈에 있던 엄청나게 크고 징그러운 두꺼비를 발견했던 날, 망설이고 있던 아이들 중에서 내가 가장 먼저 용기 내어 돌을 던졌을 때도, 골프 연습장을 둘러싼 그물을 누가 더 높이 타

고 올라가는가 하는 시합에서 내가 우승했을 때조차 아무 말 않던 형들이 드디어 나를 인정하고 비밀 아지트에 초대한 것이다.

다음 날 오후, 형들이 학교 갔다가 돌아오는 시간에 맞춰 설레는 마음으로 비밀 아지트로 향했다. 이미 입구 정도는 미리 알아 두었기 때문에 혼자, 그리고 당당히 찾아갔다. 그동안 비밀 아지트 입구를 들락거리는 형들과 형이 있는 아이들을 얼마나 부러워했던가.

공사에 필요한 합판들을 산처럼 높이 쌓아서 바둑판 모양으로 줄 맞춰 놓은 사이로 입구가 보였다. 합판에서 튀어나온 녹슨 못들을 조심하면서 좁디좁은 통로를 지나 드디어 비밀 아지트에 도착했다. 아지트는 아파트처럼 높이 쌓아 놓은 합판 더미들의 귀퉁이들이 만나는 곳에 널찍하게 자리 잡고 있었다. 위쪽은 비가 와도 괜찮도록 널따란 합판과 비닐로 막아 놓았다. 다른 녀석한테 들은 대로 이곳에는 없는 게 없었다. 대나무로 만든 활과 화살, 재미있는 만화책들, 던지면 벽에 꽂히게 만든 깃털 달린 송곳과 진짜 커터 칼로 만든 표창도 있었다. 나도 저 표창을 혼자 만들어 보려 했지만 결국은 실패하고 손가락만 베였다. 아지트 한가운데는 옥수수나 고구마 따위를 구워 먹으면 좋을 듯한 조그마한 모닥불도 피워 놓았다. 온갖 신기하고 재미있어 보이는 것들을 모아 놓은 보물창고 같은 이곳에서 나는 불현듯 뭔가를 깨닫게 되었다.

이곳은 내가 생각했던 비밀 아지트가 아니었다. 여기에는 없는 게 없었지만, 있어서는 안 될 것들도 있었다.

바로 동네 아이들.

아지트는 그야말로 시장통이었다. 웬만한 동네 아이들은 다 있는 듯했다.

'갈수록 공터에 아이들이 줄어들더니 이런 이유였나.'

씁쓸함과 함께 형들에게 심한 배신감이 들었다. 나는 특별하지도 않았고 인정받은 것도 아니었다. 형들의 눈에 들기 위해 했던 짓들을 생각하니 전부 바보같이 느껴졌다.

'이잇, 나도 내 아지트 따로 만들 거야.'

혼자 씩씩대면서 곧바로 그곳을 빠져나왔다. 집으로 가야 하는데 이대로 집에 들어가긴 싫었다. 나무 막대기를 하나 주워 애꿎은 코스모스에 화풀이도 해 보고 길옆에 있는 쇠 난간 기둥도 치면서 걸어 보았지만 내 발걸음은 쇠기둥에서 울리는 소리처럼 허전하기만 했다.

불

겨울 함박눈이 소복하게 내린 마을은 이른 아침부터 떠들썩하다. 재미난 놀거리가 없을까 하고 나도 동네를 한 바퀴 돌아본다.

어제는 온종일 함박눈이 내렸다. 압도될 만큼 아름다운 광경을 어린 여동생에게 보여주고 싶어서 옷을 입혀서 데리고 나갔다. 세상은 푹신한 쌀밥 위에 시꺼먼 김을 얹어 놓은 듯했다. 뽀드득뽀드득 소리를 즐기며 한참을 돌아다닌 후 동생은 심한 감기에 걸렸다. 엄마에게 엄청 혼이 나서 그런지 오늘은 기분이 나질 않는다. 얼어붙은 개울에 가서 썰매를 타 볼까도 생각해 봤지만, 그것도 내키지 않는다. 큰 형이나 삼촌이 있는 아이들은 못 쓰게 된 부엌칼을 쓰거나 날붙이를 사 와서 씽씽 잘 나가는 썰매를 만들었다. 내 썰매는 철사로 날을 만들어서인지 신통치 않았다.

동네를 돌다 보니 동네 입구에 아이들이 와자지껄 모여 있는 것이 보인다. 우리 동네에서 유일한 이층집에 사는 저 비겁한 부잣집 뚱보 녀석, 박주환이가 대문을 걸어 잠그고 이 층에서 지나가는 아이들에게 눈덩이를 던지고 있다. 특히 올해 들어서 제 딴에는 학교 갈 나이가 되었다고 그러는지 더 기세등등하다. 올여름 내게 코피가 터진 기찬이와 동네 동생들이 무언가를 기대하는 눈빛으로 날 쳐다본다. 갑자기 기운이 난다.

눈송이를 뭉쳐서 몇 번 던지니 녀석이 나에게도 눈덩이를 던져 댄다. 다시 눈덩이를 뭉쳐서 있는 힘껏 던져 보지만 그다지 높이 날아가지 못하고 떨어지고 만다. 나보다 한 살 어린 저 녀석에게 눈덩이를 맞은 것보다, 눈덩이가 내 생각만큼 높이 날아가지 못한 것보다, 시큰둥해진 아이들의 표정이 나를 더 화나게 한다. 더 단단하게 뭉친 눈덩이를 이를 악물고 있는 힘껏 던져 보았지만, 여전히 혀를 날름거리며 눈덩이를 던져 대는 저 녀석을 어떻게 할 수는 없었다. 분한 표정으로 주환이를 노려보고는 발걸음을 돌렸다.

집으로 돌아가는 내 발걸음은 신발에 얼어붙은 눈덩이 때문인지, 아니면 힘이 빠진 내 어깨 때문인지 더 무겁기만 하다. 이대로는 동네 동생들을 다시 볼 자신이 없다.

얼마 전, 같이 놀자고 주환이 집에 찾아갔던 일이 생각난다. 마침 주환이 할머니가 비싼 짜장면을 한 젓가락, 한 젓가락 정성스레 말아서 자신의 귀한 손자에게 먹여 주고 있었다. 하지만 그 한 그릇을 다 먹을 때까지, 쳐다만 보고 있던 나에게 빈말이라도 한 젓가락 먹어 보지 않겠냐는 말도 없었다.

'치사한 놈.'

이런저런 생각을 하며 털털거리면서 집에 도착해 대문을 열고 들어서는데, 지붕 빗물받이에 연결된 긴 물 대롱 끝에서 뚝뚝 떨어지는 물방울 소리가 내 발걸음을 멈추게 한다. 문득 떠오른 생각이 고드름처럼 자라난다. 허리를 숙여 축축하다 못해 얼어 버린 장갑으로 조심스레 눈덩이 하나를 뭉쳤다. 그러고는 떨어지는 물방울 아래에 고이 놓고 누가 볼세라 그 옆의 양동이로 얼른 가렸다. 돌덩이도 아니니 흔적도 없을 것이고 변명도 가능하리라. 세상이 갑자기 넓게 보이고 환해진다. '복숭아 작전'이라고 이름 붙이고는 점심 먹는 내내 혼자 히죽거렸다.

다음 날 얼음으로 만들어진 복숭아 씨앗을 눈으로 싸서 등 뒤로 숨기고 주환이 집으로 향했다. 이층집 앞에서는 다시 아이들의 복수전이 시작되었다. 눈싸움이 무르익고 정신없이 눈덩이가 오갈 때쯤 나는 차디찬 복숭아를 힘껏 던졌다. 어제보다 더 고운 곡선을 그리면서 훨씬 잘 날아간다.

"우아아아앙!"

일순간 다들 얼어 버렸다. 주환이의 이마빡에서는 피가 흘러내리고 울음소리를 들은 짜장면 할머니가 뛰쳐나왔다. 영문을 모르는 아이들은 다들 서로의 얼굴만 멀뚱멀뚱 쳐다본다. 나는 왠지 다른 아이들의 얼굴도, 주환이의 얼굴도 볼 수가 없어서 슬그머니 발걸음을 돌렸다. 어제보다 발걸음이 더 무겁다.

이젠 눈이 제법 많이 녹았다. 넘어져서 까진 무릎의 시간 지난 피딱지처럼 군데군데 눈이 남아 있긴 했지만, 산마루에서 가끔 불어오는 바람만 아니면 추위도 제법 견딜 만하다.

일단 대문을 나서기는 했지만 갈 데가 없다. 바람을 피해 대문에 기대어 따사로운 햇볕을 쬐고 있는데 옆집에서 창혁이 형이 나왔다.

"야, 우리 옥수수 구워 먹을래? 집에서 옥수수 가지고 나왔어."

"어디서? 불 피우게?"

창혁이 형이 집에서 몰래 가지고 나온 라이터를 내게 슬쩍 보여 주고는 우리 집 뒤편에 있는 대밭으로 향했다. 형을 따라 대나무 사이를 비집고 들어가니 대밭 가운데 조그마한 공터가 보인다.

'왜 이런 곳을 몰랐지?'

대밭을 지나 산자락 쪽으로 조금만 가면 내가 좋아하는

오디나무가 있고 산딸기 덤불, 머루, 보리수도 숨어 있다. 여름에 대밭 옆길을 자주 들락거렸는데도 정작 울창해진 대밭에는 들어가 본 적이 없다.

대나무로 둘러싸인 공터에 자리를 잡고 쭈그리고 앉으니 형이 대나무 낙엽에 불을 붙였다. 하지만 이미 눈에 젖어서인지 금세 꺼지고 만다.

"야, 집에 가서 종이 좀 갖고 와."

나는 날다람쥐처럼 대나무를 피해 집으로 후다닥 달려가 신문지 몇 장을 갖고 왔다. 매캐한 연기가 일어나며 모아 놓은 대나무 가지와 잎에 타닥타닥 불이 붙기 시작한다. 비밀 아지트처럼 작은 모닥불이 만들어졌다. 모닥불이 점점 뜨겁게 타올라서 모닥불 주위 켜켜이 쌓여 있는 댓잎 사이로도 연기가 아지랑이처럼 피어오른다.

"타다닥, 펑!"

모닥불에 달궈진 대나무 마디가 터진 것인지 온 사방으로 불꽃이 흩어졌다. 순식간에 주변에 촘촘히 서 있는 대나무에도 불이 붙었다. 불을 꺼 보려 했지만 내 키보다 높은 곳까지 번진 불은 끌 엄두가 나질 않는다. 목욕탕 한증막처럼 눈앞이 뿌예지고 불 주머니에 갇힌 듯 우리를 둘러싼 사방에서 불이 타오른다.

우리는 산골짜기 위로 달음질쳤다. 이렇게 온 힘을 다해 뛰어 본 적이 있던가?

얼마나 높이 올라온 것일까. 형도 나도 말이 없다. 실수라고 하기에는 너무 큰 일을 저질러 버렸다. 산 아래를 내려다보니 활활 타오르고 있는 대밭과 속속 도착하는 소방차들이 보인다. 불길과 사이렌 불빛 때문에 붉은 연기에 잠긴 동네 모습이 발아래로 한눈에 들어온다.

얼마나 지났을까. 멍하니 산 아래를 쳐다보다가 동네를 붉게 물들였던 연기가 걷히고 사이렌 소리가 멈추자 형과 나는 물이라도 마시려고 개울가로 내려가 바위 위에 걸터앉았다. 개울물에 숯 검댕이 여기저기 묻은 내 얼굴이 비친다. 시리도록 차가운 개울물로 손과 얼굴을 씻고 옷소매로 대충 물기를 닦아 낸다. 아카시아에 매여 있는 흑염소 녀석이 '그래 봐야 소용없다'는 듯 게슴츠레 쳐다본다. 조약돌을 하나 집어 염소에게 던지며 괜한 화풀이를 한다. 모닥불을 피우자고 한 창혁이 형에게 화가 난다. 그리고 나한테도 화가 난다.

땀이 식어서 온몸이 떨려 올 즈음 나는 산 아래로 발걸음을 옮겼다.

"야, 어디 가?"

"집에……."

창혁이 형도 마지못해 따라간다는 듯 나를 따라 걷기 시작한다.

겨울바람에 땀이 식어서인지 아니면 앞으로의 일이 걱정돼서인지 산에서 내려오는 내내 다리가 심하게 후들거렸다. 아무 일 없다는 듯 집에 들어가서 일단 눈으로 엄마부터 찾았다. 부엌에 계신 엄마와 눈을 마주치는 순간, 눈물이 터져 나왔다. 나는 거짓말을 할 수가 없었다.

"엄마, 나 불냈어. 우아앙!"

엄마는 눈을 동그랗게 뜨더니 이내 허리를 숙여 눈높이를 맞추고는 입고 있던 앞치마로 눈물로 범벅이 된 내 얼굴을 닦아 주었다.

"괜찮아, 괜찮아."

그날 밤, 나는 오줌을 싸는 대신 심하게 앓았다. 그리고 엄마가 소방차를 타고 나를 떠나 버리는 꿈을 꾸었다.

엄마가 울면서 뒤척이는 나를 깨워 식은땀을 닦아 주며 속삭이듯 얘기했다.

"괜찮아, 괜찮아. 걱정하지 마. 엄마, 아빠가 있잖아."

"괜찮아, 괜찮아."

"괜찮아."

괜찮…

괜…

…

나는 다시 스르륵 잠이 들었다.

사람

　　　　　　　　다시 봄비가 내린다. 우산을
쓰고 빗물 웅덩이를 피하면서 산자락을 휘휘 돌아본다. 불
에 타서 새까맣게 된 대밭, 앙상하게 뼈만 남은 오디나무, 재
만 남은 산딸기 넝쿨 더미와 보리수, 머루나무에도 굵은 빗
방울들이 세차게 떨어진다. 출입 금지 푯말이라도 있었던
것처럼 발길을 끊었다가 이제야 용기 내어 와 봤건만 멀쩡하
게 남아 있는 곳이 없다. 바지 허리띠를 세게 조인 듯 가슴
이 갑갑하고 목이 멘다. 멍하니 쳐다보기만 하다가 다시 산
기슭으로 내려왔다.

　동네 어귀에 이르자 빗소리 사이로 뭔가 다른 소리가 들
린다. 길 한쪽에 쌓여 있는 장작더미 위에서 나는 소리다.
가까이 다가가 살펴보니 비 맞은 새끼 참새 한 마리가 젖어

버린 장작 사이에서 지저귀고 있다. 우산대를 겨드랑이에 끼고 두 손을 조심스레 가져가 작은 몸집을 감싸 주어도 계속 울어 대기만 한다. 예전 같으면 참새 잡았다고 동네방네 자랑하고 다녔겠지만 온 힘을 다해 악악거리는 녀석을 보고 있자니 그럴 마음이 생기질 않는다. 다행히 장작더미 아래는 아직 비에 젖지 않았다. 장작 몇 개를 힘껏 밀어붙여 마른 장작들 사이로 빈 곳을 만들었다. 거기에 참새를 넣어 주고는 집으로 돌아왔다.

아침 햇살에 눈을 뜨자마자 어제 만난 새끼 참새가 생각난다. 엄마의 잔소리를 듣기도 전에 후딱 세수하고 아침밥을 먹은 후, 야구 글러브를 챙겨서 동네 어귀로 달렸다. 걱정 반 기대 반으로 도착한 장작더미 안에는 새끼 참새가 보이지 않았다. 장작더미 주변을 둘러보아도 새끼 참새는 없었다.

'다행이다.'

나는 공터로 발걸음을 옮겼다.

이제는 야구 글러브가 없어 야구장 주변을 맴도는 동네 아이들도 끼워서 함께 야구 경기를 해야겠다는 생각이 든다.

물웅덩이를 밟으며 찰방찰방 뛰어가는 내 발걸음은 나는 듯 가벼웠다.

글·그림 이대일

엄마,

저도 아들은

처음입니다

엄마,
저도 아들은
처음입니다_____

이대일

엄마는 말했다.

무무야,

엄마는 너무 힘들어.

엄마는 돈이 없어.

무무야,

너만은 엄마를 힘들게 하지 않으면 좋겠어.

매일매일이 힘들고 돈도 없는데 아들까지 엄마를 힘들

게 하면 엄마는 어떻게 살아야 할까?

얌전하고 착한 무무야,

무무는 엄마를 힘들게 하지 않을 거지?

나는 생각했다.

절대로 엄마를 힘들게 하지 않을 거야.

엄마에게 뭐 사 달라고 하지 않을 거야.

늦게까지 밖에서 놀지 않을 거야.

놀아 달라고 조르지 않을 거야.

그러면 나 때문에 힘든 일은 없을 거야.

철봉과 미끄럼틀, 구름사다리가 있는 학교 운동장, 미로 같은 골목, 호랑이 할아버지네 텃밭. 초등학교 시절에는 장소를 가리지 않고 놀았다. 놀다 보면 시간이 쏜살같이 지나 어느새 엄마가 돌아올 시간이 되었다. 한창 노는 중에 집에 가는 나를 보며 친구들이 말했다.

"오늘도 빠지는 거냐? 계속 그러면 다음부터는 안 끼워 준다."

그런 말을 들을 때마다 창피하고 화가 났다. 무리에 끼지 못한다는 건 약한 사람이고 약한 사람은 놀림감이 되기 때

문이다. 하지만 나는 엄마보다 먼저 집에 가야 했다. 엄마가 집에 왔을 때 내가 없으면 엄마는 '무무야, 어디 있니?'를 외치며 나를 찾으러 다니기 때문이다. 나를 찾느라 엄마가 힘들어지는 건 절대로 하고 싶지 않은 일이다.

中학교는 집에서 멀리 떨어진 곳으로 가게 되었다. 추첨식으로 중학교가 정해졌는데 나와 몇몇 아이들은 집과 먼 곳으로 배정되었다. 내가 다닐 중학교는 낮고 낡은 주택들이 있는 우리 동네와는 달리 높고 세련된 아파트가 즐비한 곳에 있었다.

아파트에 사는 사람들은 주택에 사는 사람들보다 부자였다. 입고 있는 옷도, 신고 있는 신발도, 들고 다니는 가방도 하나같이 비싼 제품이었다.

겉모습은 중요한 게 아니라고 생각하면서 신경 쓰지 않으려 했지만 시간이 지날수록 내 모습이 초라해 보였다. 나도 시장에서 파는 상표가 없는 물건들 말고 나이키 농구화에 퓨마 체육복이 갖고 싶었다.

하루는 반장이 새 농구화를 신고 왔다. 하얀색 바탕에

붉은색으로 나이키 로고가 그려진 신발이었다.

"반장, 나이키 샀네? 멋지다! 얼마야?"

반장이 농구화 값을 말해 주었다. 나이키 농구화는 엄마에게 말도 못 꺼낼 만큼 고가였다.

'드럽게 비싸네. 나는 못 사겠는걸.'

생각보다 비싼 가격에 짜증이 났지만 반장의 새 농구화에 자꾸 눈이 가는 것은 어쩔 수 없었다. 내가 신고 있는, 시장에서 산 운동화는 튼튼해서 잘 해지지도 않았다.

공부도 그랬다. 방과 후 개인 과외를 받는 아이들과 경쟁하는 것은 역부족이었다. 2학년이 되자 성적은 더 내려갔다. 나뿐만 아니라 우리 동네 아이들은 대부분 비슷한 상황이었다. 공부에서 멀어진 아이들은 무리를 지어 다니며 말썽을 피웠다. 학교 뒷담에 모여 담배를 피우거나 지나가는 저학년 아이들의 가방을 열고 필요한 것을 가져갔다.

성적 상위 그룹과 성적 하위 무리는 서로의 영역을 확고히 구축해 갔다. 나는 어정쩡한 중상위권이었고 무리에 낄 자신도 없었다. 그저 버스비를 아끼기 위해 사십 분이 넘는 거리를 걸어서 집에 갈 뿐이었다.

지금 성적으로 대학에 갈 수 있을까? 수업이 끝나면 반 아이들은 학원으로 향했다. 3학년 봄이었다.

모의고사 성적표가 나왔다. 이번에도 성적이 조금 떨어졌다. 서울에 있는 대학에 가려면 상위 그룹에 들어가야 했다.

나는 학원에 다니는 짝에게 물었다.

"학원비 비싸냐?"

"몰라. 대학에 갈 수만 있다면야 그깟 학원비가 대수냐. 그런 것 신경 쓸 시간에 정석이나 한 문제 더 푸는 게 수험생이지."

학원에서 공부한다는 핑계로 수업 시간에 잠만 자는 짝이 능글맞게 말했다.

"나보다 공부도 못하는 게 버릇없이. 학원 가려면 얼마가 드는지 말이나 해 봐."

녀석은 귀찮다는 표정을 지었다.

"너 수학 포기 안 했으면 종합반 들으면 돼. 그게 아니면 단과반 들으면 되고. 학원 등록하고 교재까지 사면 대충 한 달에 십오만 원은 들걸. 종합반은 더 비싸고."

"교재도 사야 해? 학원 등록하면 그냥 주는 거 아냐?"

"당연히 사야지."

"학원이 공부를 가르치는 게 아니라 장사를 하네?"

짝은 더 생각난 것이 있다며 이어서 말했다.

"거기에다가 매달 치르는 학원 모의고사 시험비, 쉬는 시간에 매점에서 밥도 먹어야 하고. 아, 등록한 학원 교재만 보면 부족할 수 있어서 다른 학원 교재도 같이 보는 애들 많아."

말을 마친 녀석은 모의고사 성적표를 가방에 쑤셔 넣었다. 가방 안은 학원 교재로 가득했다.

학원만 등록하면 될 줄 알았는데 오판이었다. 종합반을 수강하면 좋겠지만 상황이 녹록지 않았다. 아버지가 입원 중이었다. 지병인 당뇨가 악화하여 매달 적지 않은 돈이 병원비로 나가고 있었다.

'그만두자. 학원에서 공부한다고 다 성적이 오르는 건 아니잖아. 반 아이들과 같은 학원에 가면 장난이나 치지 공부가 될 리 없어. 난 학원에서 공부하는 체질이 아니니까. 지금까지 해 왔던 것처럼 할 수 있는 데까지 혼자서 해 보자. 이런 것으로 엄마를 신경 쓰게 하고 싶지 않아.'

나는 구겨진 성적표를 가방에 넣으며 학원에 대한 미련을 접었다.

집에 가려면 버스 정류장 아래에 있는 횡단보도를 건너야 했다. 정류장은 학원에 가려는 아이들로 붐볐다. 나는 가까스로 그 무리를 빠져나와 집으로 향했다.

늦은 밤이지만 동아리방은 사람들로 북적였다. 산악회는 전 학년을 대상으로 한 달째 등산대회를 준비하고 있었다. 과별 이름표와 플래카드, 확성기와 행사 순서를 적은 대자보 따위가 동아리방에 어지러이 널려 있었다. 안전요원으로 배치된 나는 각 조에 지급될 구급약과 안전용품을 꼼꼼히 점검하느라 눈이 빠질 지경이었다.

"마무리하려면 얼마나 남았어?"

내 옆에서 각종 물품을 챙기고 있는 동기에게 물었다.

"말 시키지 마. 도대체 어제 만들어 둔 조별 이름표는 어디에 있는 거야."

동기는 나를 보지도 않고 두 손을 바삐 움직이며 널린 물건들을 헤집고 있었다.

"지하철 막차까지 30분 남았으니까 오늘은 여기까지 하자."

대학은 초·중·고등학교와 아주 달랐다. 자유 그 자체였다. 나는 산악회 활동에 푹 빠져 동아리방에서 살다시피 했다. 산악동아리는 언제나 사람들로 북적였다. 이야기가 끊이지 않았고 밤샘 토론이 벌어지기도 했다. '산'이라는 같은

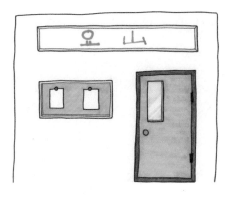

목적을 두고 우리는 하나였다.

대학만 가면 너 하고 싶은 대로 하라던 엄마는 어떤 간섭도 하지 않았다. 한 가지 아쉬운 점이 있다면 넉넉하지 못한 용돈이었다.

꼭 참석해야 하는 산악회 모임이 있어도 화요일에는 수업을 마치면 바로 집에 갔다. 점심값과 차비가 포함된 용돈을 받아야 하기 때문이었다. 엄마는 일주일 단위로 용돈을 주었고 일주일에 한 번 아들의 얼굴을 보았다.

화요일. 오후 수업을 마치고 바로 학교에서 나와 지하철역으로 향했다. 퇴근 시간 전이어서 제물포역은 한산했다. 서울행 지하철은 빈자리가 많았다. 나는 자리에 앉은 후 이어폰을 꺼내 귀에 꽂았다. 오토리버스 기능이 있는 카세트 플레이어의 재생 버튼을 누르자 민중가요가 흘러나왔다.

일주일에 한 번, 용돈을 받기 위해 일찍 집에 오는 아들이 미울 법도 하겠지만 감정을 잘 표현하지 않는 엄마는 평상시처럼 저녁을 차려 주었다. 김치 반 포기가 들어간 김치찌개가 상 위에 놓였다. 나는 밥을 두 공기나 먹었다. 저녁을 다 먹고 내가 설거지를 하는 동안 엄마는 TV 드라마를 보았다.

설거지를 마치고 엄마 옆에 앉았다. 이제는 익숙해질 만도 한데 엄마에게 용돈을 달라는 말은 여전히 어려웠다. 적지 않은 대학 등록금에 매주 용돈까지 주기 위해 엄마가 얼마만큼 힘들게 일해야 하는지 가늠할 수 없었기 때문이다.

엄마가 나에게 살짝이라도 눈길을 보내 준다면 조금은 편하게 말을 할 수 있을 것 같은데 TV에 꽂힌 시선은 움직이지 않았다.

"엄마, 이번 주 용돈……, 좀 주세요."

나는 낮고 주눅 든 목소리로 말했다. 엄마는 그제야 내쪽으로 고개를 돌렸다.

"요새 술 자주 마시니? 요즘은 매일 새벽에 들어오는 것 같더라. 한밤중에 살금살금 기어들어 오는 거 다 안다. 한두 번 그러는 건 괜찮지만 너무 자주 마시지는 마라. 몸 상한다."

엄마는 잠시 주저하다가 말을 이었다.

"너 데모하니? 그런 쓸데없는 짓 하지 마라. 그런 건 나쁜놈, 아니 아무것도 모르는 사람들이나 하는 짓이다."

엄마는 일터에 메고 가는 배낭을 열고 낡은 손지갑에서 만 원짜리 세 장을 꺼냈다. 용돈을 받긴 했지만 나는 엄마의 말에 마음이 불편했다.

대학에서 내가 접한 것은 자유로운 생활뿐만이 아니었다. 권력이 감추려 하는 진실을 보고 들었다. 엄마는 권력자의 말을 신앙처럼 믿었다. 그가 하는 말은 모두 진실이며 국민을 위한 것이었다. 그의 말에 반대하는 사람은 나라의 적이고 국민의 적이었다. 감옥에 가야 할 사람이었다.

그게 아니라고, 정작 아무것도 모르는 건 엄마라고 말하고 싶었지만 차마 입이 떨어지지 않았다. 용돈을 꺼내는 엄마의 두 손을 보았기 때문이다.

엄마의 손은 고단한 세월을 견디면서 수만 갈래로 갈라져 있었다. 그 손을 볼 때면 미안하기도 하고 화도 났다. 엄마 말대로 쓸데없는 짓 대신 열심히 공부해서 좋은 직장에 가면 우리 생활이 지금보다는 나아질 수 있겠지만 이 사회에는 갈라진 손을 가진 엄마들이 너무 많았다. 그 손을 거칠게 만든 사람들을 한결같이 믿고 있는 엄마가 너무 답답했다.

"엄마, 저 이제 대학생이에요. 성인이라고요. 제 앞가림은 제가 할 테니 너무 신경 쓰지 마요."

"너는 어려서부터 엄마가 신경 쓰지 않아도 잘하는 아이여서 아무 걱정 안 한다. 다만 네가 이상한 사람들 말을 듣고 따라다니는 것 같아서 하는 말이니 흘려듣지 마라."

엄마는 말끝에 힘을 주었다. 엄마가 이렇게까지 말하는 건 드문 일이지만 나는 그 말을 따르고 싶은 마음이 전혀 없었다. 오히려 엄마의 잘못된 생각을 바로잡아 주고 싶었다.

"엄마가 생각하는 이상한 사람들도 없고 나도 그 정도는 구분할 줄 알아. 내가 바보야? 다 알아서 하니까 엄마야말로 이상한 생각 좀 하지 마. 생각해 봐, 내가 지금까지 엄마 힘들게 한 적 있어? 걱정하게 한 적 있어? 옷을 사 달라고 해, 학원에 보내 달라고 해. 용돈도 주는 대로 받잖아. 그거 차비 내고 점심 먹으면 하나도 안 남아서 점심값 아껴서 친구들하고 술 한잔 마시는 거야. 걱정하지 마. 아무 일도 안 일어나. 형사가 찾아오는 건 드라마에서나 나오는 거지 실제론 안 그래."

내 말이 끝나자 엄마는 자세를 바로잡고 나를 정면으로 바라보았다. 눈에 힘을 주고 기가 찬다는 표정이었다.

"너 말 한번 잘했다. 입은 삐뚤어져도 말은 바로 하라고, 내가 옷을 안 사 주길 했냐, 학원 안 보내 준다고 했냐. 옷을 사 주려고 하면 괜찮다고만 하고, 엄마가 바쁘니까 학원 가고 싶으면 네가 알아보라고 해도 무소식이고. 무슨 말 같지도 않은 소리를. 그리고 용돈은 차비하고 점심 먹을 정도면 충분해. 정 술 한잔할 돈이 필요하면 말해. 엄마가 아무리

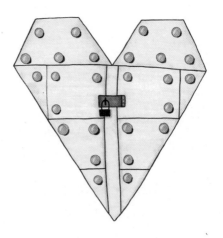

돈이 없어도 그 정도는 줄 수 있어."

엄마의 차가운 대답에 지난 시절이 주마등처럼 머릿속을 지나갔다. 지금까지 엄마를 생각해서 아무 말도 안 했던 건데 모두 쓸데없는 짓이었나? 내가 사고 싶었던 것, 하고 싶었던 것을 그냥 다 말해 버려야 했나? 내 예상과 전혀 다른 엄마의 말에 화가 났다. 분하고 억울했다.

"엄마 힘들다고, 돈이 없다고, 매일매일, 나한테 말했잖아. 학교에 들어가기 전부터 그랬잖아. 그런데 어떻게 옷을 사 달라고 하냐고. 학원에 보내 달라고 하냐고. 엄마 힘들게 하지 말라며. 힘들게 안 해야 행복하다며!"

가슴 속에 폭풍이 몰아쳤다. 그 거친 기류를 타고 목소리가 점점 크고 거칠어졌다.

"엄마는 나한테 그러면 안 돼! 나는 최선을 다했어. 엄마 신경 쓰지 말라고 어떻게든 지금까지 혼자서 버텨 왔는데 갑자기 왜 그러냐고!"

나는 악을 쓰듯 소리를 질렀다. 엄마는 내 시선을 외면한 채 굳은 얼굴로 방바닥만 쳐다봤다.

"이제부턴 엄마가 힘들어하든 말든 상관 안 할 거야. 이제부터 나는 내 맘대로 살 거니까 엄마 행복은 엄마가 찾아."

나는 벌떡 일어나 내 방에 들어갔다. 문을 잠그고 맨바닥에 드러누웠다. 가쁜 숨이 잦아들 때까지 어둠 속에서 꼼짝도 하지 않았다.

그날 이후 엄마와의 관계가 소원해졌다. 용돈 받는 날을 제외하면 마주치는 일도 거의 없었다. 일주일에 한 번 저녁을 먹을 때도 우리는 말이 없었다.

나는 내 멋대로 살다가 학점 미달로 졸업을 하지 못했다. 한 학기 등록금을 더 달라고 할 엄두가 나지 않았다. 겨우내 아르바이트를 했다. 간신히 등록금을 모아 여름에 졸업했다.

━━━━━━━━━

졸업 후 취업한 회사는 기상 측정용 장비를 만드는 곳으로 남아메리카 최남단에 지사가 있었다. 칠레 연구소와 협력하여 기상관측 장비를 테스트하는 곳이었다. 인적조차 드문 곳이어서 지사에서 근무하겠다는 직원이 거의 없었다. 그때까지 비행기를 타 본 적도 외국에 나가 본 적도 없는 나는 이국에 대한 호기심과 돈을 벌 목적으로 해외 근무를 지원했다.

칠레 지사는 여러 가지 면에서 내가 상상했던 것 이상으로 오지였다.

상업 시설도 거의 없어 적지 않은 돈을 모을 수 있었다. 그곳에서 일하는 동안 받은 월급은 전부 엄마에게 보냈다. 필요한 일이 생기면 엄마 돈이라 생각하고 언제든 사용하라는 말도 덧붙였다. 엄마가 그 돈을 제 돈처럼 사용할지는 알 수 없지만, 아들이 돈을 버니 이제부터는 돈 때문에 힘들어하지 않기를 바랐다.

하지만 엄마는 아주 적은 금액을 마치 남의 돈을 빌려 쓰듯 신중하게 썼다. 나머지는 고스란히 통장에 모아 두었다. 엄마가 걱정 없이 쓸 만큼 돈을 더 벌고 싶었다. 그러기 위해서는 월급을 더 많이 주는 직장이 필요했다.

칠레에서 돌아온 후 곧바로 이직을 준비했다. 면접에서 두어 번 탈락하긴 했지만 오래 걸리지 않아 새로운 직장을 구했다. 이전 회사보다 월급이 많아 저축도 더 많이 할 수 있었다. 이제 엄마에게 생활비를 더 줄 수 있고 아버지 병원비도 전부 내가 낼 수 있다. 그리고 오랜 시간 동안 막연하게 생각만 했던 일도 진행할 수 있을 것 같았다.

'아버지 건강이 좋아지면 가족 여행을 가자.'

아침 여섯 시. 전화벨 소리에 잠이 깼다. 눈도 뜨지 못한

채 휴대폰을 귀에 붙였다. 병원이었다. 짧은 통화가 끝나자마자 병원을 향해 쏜살같이 달렸다. 출근한 엄마에게도 전화를 걸었다. 가슴이 너무 아파서 말이 잘 나오지 않았다. 엄마는 띄엄띄엄 전한 내 말을 듣고 알았다, 하고는 바로 전화를 끊었다.

아버지가 돌아가셨다.

너무나 갑작스러운 일이었다. 오래전부터 앓아 온 지병으로 입원과 퇴원을 반복했지만 생명에 위협을 줄 정도는 아니었다.

엄마는 한참이 지나서야 병원에 왔다. 엄마를 보자마자 참았던 눈물이 터져 나왔다.

"전화한 지가 언젠데 왜 이제 오는 거야!"

엄마는 나를 안아 주며 말했다.

"엄마가, 엄마가 다리에 힘이 풀려서 움직일 수가 없었어. 아버지는?"

엄마와 나는 아버지 시신이 안치된 영안실로 갔다. 엄마는 차갑게 식어 버린 아버지를 보자마자 휘청이며 바닥에 털썩 주저앉아 울부짖었다.

"이 무심한 사람아. 이렇게 죽도록 고생만 시켜 놓고 저 혼자 먼저 가면 어떡해. 어떡하냐고."

엄마는 영안실 바닥을 손으로 내리치며 고요히 누워 있는 아버지를 향해 원망의 말들을 쏟아 냈다. 한바탕 눈물을 쏟아 낸 엄마는 곧바로 친척들과 지인들에게 아버지의 부고를 알렸다.

아버지는 내가 중학교를 졸업할 즈음부터 자주 입원을 했다. 짧게는 한 달, 길게는 삼, 사 개월일 때도 있었다. 집에 있을 때면 식사 시간을 제외하곤 방에서 잘 나오지 않았다.

평소에도 말이 없던 아버지는 병이 난 이후로 말수가 더 줄었다. 아주 드물게 엄마와 아버지가 이야기를 나누기는 했지만, 항상 서로에게 상처를 주는 말로 대화가 마무리되었다. 나 역시 아버지와 대화를 해 본 기억이 별로 없었다. 종종 상태는 어떠시냐고 물으면 신경질을 냈다. 병간호에 지친 엄마는 어느 날부터 거실에서 잠을 잤다.

장례를 마치고 집에 돌아왔다. 몸이 납덩이처럼 무거웠다. 엄마와 나는 거실 벽에 기대어 앉았다. 맞은편에 아버지 방이 보였다. 아버지가 누워 있는 모습이 보이는 듯했다. 슬픔보다는 이런저런 말들이 머릿속을 떠다녔다.

'아버지에 대해 떠오르는 기억이 별로 없네요, 엄마한테 왜 그렇게 쌀쌀맞게 대하셨어요, 우린 대화가 없었네요, 아버지하고 술도 한잔 못 했네요, 아버지는 참 야속했네요.'

어느새 해가 지자 엄마는 TV를 켰다. 우리는 평소와 다름없이 TV를 봤다.

"무무야, 회사는 언제까지 쉬는 거니?"

엄마는 TV에 시선을 둔 채 물었다.

"이번 주까지 쉬고 다음 주부터 출근. 엄마는?"

"나는 집에 있으면 더 힘들 것 같아서 내일 출근하련다. 옷 갈아입고 와라. 밥 먹자."

엄마는 앓는 소리를 내며 일어나 냉장고 문을 열고 주섬주섬 반찬들을 꺼냈다.

ıllılıllılıllılıllılıllılıllılı

장례를 치른 지 한 달이 지났을 무렵이었다. 종종 가슴이 답답해지기 시작했다. 처음에는 약간 거북한 정도였는데 점점 가슴이 막혀 오는 증상이 잦아졌다. 병원에 가 보아도 특별한 이상은 발견되지 않았다. 스트레스라며 약 대신 잘 먹고 잘 쉬라는 말만 받아 왔다.

월급날. 급여 명세서를 받고 확인차 인터넷뱅킹에 접속했다. 통장에는 그동안 저축한 돈이 차곡차곡 쌓여 있었다. 이 중 일부는 아버지에게 쓰려고 했었다. 좋아하셨던 후라

이드 치킨도 매주 사 드리고, 제철 회를 넉넉하게 떠 와서 아버지에게 술 한잔 따라드리면 좋아하셨을 거다. 입맛 없을 때 즐겨 드시던 감자 라면도 박스째 사다 놓을 수 있다. 병원비도 내고, 좋은 날 가족 여행도 가려고 했다. 그런 것을 하려고 모은 돈이었다. 다시 가슴이 답답해지기 시작했다. 아버지가 없다는 사실이 견딜 수 없이 괴로웠다. 병원에 자주 가 보지 못한 내가 원망스러웠다. 미안하고 죄송스러운 일들이 한꺼번에 떠오르자 깊은 물에 빠져 허우적대는 사람처럼 숨을 쉬기가 어려웠다.

호흡이 곤란해지는 증상은 점점 심해졌다. 특히 사무실에 있을 때면 모든 창문을 열어 놓아도 산소가 희박하다고 느낄 정도였다. 그럴 때마다 산 정상을 오르는 사람처럼 고개를 책상 밑으로 숙이고 거친 숨을 내쉬었다. 이러다가는 언제라도 길에서 정신을 잃고 쓰러질 것만 같았다. 한 번 쓰러지면 다시 일어나지 못할 거라는 불길한 생각이 들었다. 그런 일이 실제로 벌어질 것만 같아 두려웠다.

결국 나는 사표를 내고 직장을 그만두었다. 집에서는 그나마 숨을 쉴 수 있었지만, 상태가 호전되지는 않았다. 답답한 마음이 몸에서 새어 나와 내 방에 차곡차곡 쌓여 갔다. 날이 갈수록 그 무게를 견디기가 버거웠다. 집도 안전한 곳이 아니라는 생각이 들었다. 이곳을 떠나고 싶었다. 아예 한국을 벗어나야겠다는 생각이 들었다. 그러자 산악회에 들어갈 때부터 막연하게 동경해 왔던 곳이 떠올랐다. 신들이 산다는 히말라야.

통장에 있는 돈을 전부 달러로 환전하고, 며칠 후 네팔행 비행기에 몸을 실었다.

네팔에서 한 달을 머물렀다. 동경의 대상이었던 히말라야는 관광객의 등쌀에 신들도 떠날 만큼 상업적으로 변해 있었다. 사람에 치이지 않고 온전히 산과 만날 수 있는 안나푸르나 트레킹으로 계획을 바꿨다. 2주 동안 5,416미터에 위치한 쏘롱 라Thorung La를 넘는 코스였다. 대자연이 주는 경이로움과 고도가 높아질수록 가중되는 육체의 고통은 지금 이 순간 외의 다른 어떤 상념도 허락하지 않았다.

트레킹을 마치고 수도인 카트만두를 떠나 포카라라는 호수 도시로 이동했다. 말이 도시지 모든 곳을 하루면 돌아볼 수 있는 작은 마을이었다. 때마침 네팔은 우기가 시작되어 수시로 비가 내렸다. 온종일 숙소에 머물면서 트레킹으로 지친 몸을 회복하는 것 외에는 별다른 할 일이 없었다. 지친 몸과 함께 아픈 마음도 회복되면 좋으련만 아직은 한국으로 돌아갈 상태가 아니었다. 예전과 같은 일상을 살아갈 자

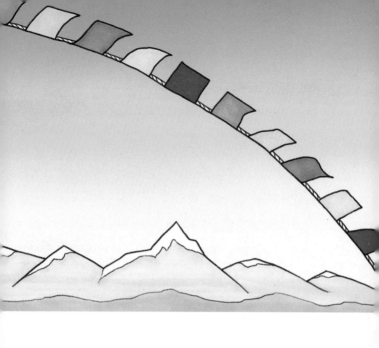

신이 없었다. 육로로 국경을 넘어 인도에 가기로 했다. 한국
으로 돌아가는 시간을 미루고 낯선 세상 속에서 조금 더 이
방인으로 지내고 싶었다.

네팔을 거쳐 인도를 여행한 지 5개월이 지났다. 인도를 여
행하는 동안 많은 사람을 만났다. 세계 각지에서 온 여행자
들과 이야기를 나누고 인도 현지인들의 삶을 마주했다. 갠
지스 강가에 커다란 야외 화장터가 있는 바라나시에 머물
때는 높게 쌓아 올린 장작더미 속에서 희뿌연 재로 변해 가
는 육신의 마지막을 하염없이 지켜보기도 했다. 사람마다
다르겠지만 육신의 형태가 사라지고 다시 자연으로 돌아가
는 과정이 무척 단정하고 정갈하다고 느껴졌다.

다시 네팔로 들어가기 위해 홍차로 유명한 다르질링에 도
착했다. 준비한 여행 경비가 바닥나기 전에 다시 한번 히말
라야 품속으로 들어가 보고 싶었다. 일정을 확인하던 중 여
행 계획을 적어 둔 다이어리에 메모 한 줄이 눈에 띄었다.

'엄마 생신'

오늘이었다. 아무도 없는 집에서 홀로 생일을 맞이할 엄
마를 생각하자 마음이 무거워졌다. 어쩌면 나만큼 엄마도
힘들 거라는 생각이 들었다. 갑자기 멀리 떠난 아들이 밉지

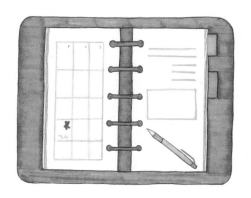

는 않은지, 혼자 있는 집에서 외롭지는 않은지, 가끔 아버지 생각이 나는지가 궁금해졌다.

도시 중앙에는 광장이 조성되어 있고 광장 구석에 있는 작은 구멍가게에 '국제전화 가능'이라는 팻말이 붙어 있었다. 수화기를 들고 국가번호, 지역번호, 집 전화번호를 차례로 눌렀다. 가게 주인은 초시계를 눌러 통화 시간을 기록했다.

"여보세요."

긴 통화 연결음 끝에 수화기 안쪽 저 깊은 곳에서 엄마 목소리가 들렸다. 한국과 인도의 거리만큼 멀게 느껴지는 음성이었다. '저예요', 라고 바로 대답하려 했는데 그럴 수가 없었다. 코끝이 시큰해지고, 세상이 뿌옇게 보이기 시작했다. 하려고 했던 말은 목젖 아래 어디쯤에 걸린 채 더는 밖으로 나올 생각이 없었다. 꽉 막힌 틈을 간신히 비집고 나온 소리는 '여보세요'에 대한 대답이 아닌 낮은 흐느낌이었다. 흐르는 콧물을 손등으로 대충 훔치고 고개를 들어 심호흡을 여러 번 한 후에야 가까스로 말의 형태를 갖춘 소리를 낼 수 있었다.

"엄마, 저예요."

아무렇지 않은 듯이 말하려 했지만 목소리가 심하게 흔들렸다. 인도에서 출발한 목소리가 한국에 도착하는 데에는 꽤 오랜 시간이 걸리는 듯했다. 한참 후에야 엄마가 말했다.

"오, 무무냐! 어디 아픈 덴 없고? 밥은 제때 잘 먹고? 거기는 어디냐?"

"여기는 인도예요."

"그래, 무슨 바람이 들어서 그동안 연락 한번 없다가 갑자기 전화냐?"

"오늘 엄마 생신이잖아. 미역국은 드셨나 해서."

"아침에 한 솥 끓여 먹었다. 어쩐 일이냐 엄마 생일에 전화를 다 하고."

항상 이런 식이다. 엄마는 감정표현을 잘 하지 않았다. 속마음은 드러내지 않은 채 항상 의연하고 강한 모습만을 보여 주려고 하는 엄마는 여전히 그 자리에 있었다.

"날짜를 세어 보니 벌써 5개월째야. 여기저기 돌아다니면서 좋은 것 보고, 맛있는 것 먹고 그랬는데 수첩에 적어 놓은 엄마 생일을 보고 엄마 생각이 나서."

다시 목이 잠겼다. 콧물이 흐르고 눈물까지 고이기 시작했다. 그래도 이 말은 꼭 해야겠기에 울먹이며 말을 이었다. 이제 이딴 건 아무래도 상관없었다.

"엄마 생일인데 같이 미역국 못 먹어서 미안해. 미안해하지 않으려고 했는데 그것마저도 미안해. 내가 엄마를 힘들게 한 것 같아서…. 나는 지금 이렇게 행복한데 엄마도 나처럼 행복한가 싶어서. 엄마도 나랑 같이 좋은 것 보고 맛있는 것 먹으면 좋을 것 같아서……."

흐르는 눈물을 주체할 수 없어 하늘을 올려다보았다. 이런 말까지 하려고 했던 건 아니었다. 간단히 안부만 묻고 끊을 생각이었는데 나도 모르게 오래도록 묻어 둔 감정들이 흘러나왔다. 눈물과 콧물과 불규칙한 호흡이 뒤섞인 와중에 띄엄띄엄 전한 내 말이 잘 전달되었는지는 알 수 없었다. 한바탕 쏟아 내서인지 정신이 맑아지고 세상이 선명하게 보였다.

광장이 사람들로 붐비기 시작했다. 부모를 따라 나온 아이들은 다람쥐처럼 광장 이곳저곳을 뛰어다녔다. 저 멀리 보이는 설산이 붉게 물들고 상점들은 하나둘 불을 밝혔다. 엄마는 아까부터 아무 말이 없었다.

"엄마, 엄마 삶은 엄마 거고, 내 삶은 내 거지?"

"갑자기 그런 건 왜 묻냐?"

아무 말 없이 듣고만 있던 엄마
가 말했다.

"우리 이제는 각자의 삶을 살면

서 친하게 지내요. 나는 이제부터 엄마 말 안 들으려고. 엄마 말 안 듣고 내 맘대로 엄마한테 잘해 주려고. 그러니까 엄마도 엄마 맘대로 사시라고. 나한테 뭐라 해도 내가 좋으면 하고 안 좋으면 안 하려고. 나는 그렇게 살 테니까 엄마도 나한테 그렇게 하라고."

"그래, 알았다. 나도 내 맘대로 살 거다. 너도 네 맘대로 아프지 말고 살아라. 그 말 하려고 전화했냐? 전화비 많이 나온다. 그만 끊어라."

엄마는 당신이 할 말을 다하자 전화를 끊었다. 수화기를 내려놓자 빠르게 움직이던 초시계도 제 할 일을 다한 듯 작동을 멈췄다.

어찌 된 일인지 몸 안에 비축해 두었던 모든 힘이 빠져나간 듯했다. 다리에 힘이 풀려 제대로 걸을 수가 없었다. 광장 한쪽에 놓인 벤치에 앉아 노점에서 파는 짜이chai를 주문했다. 어떤 생각과 느낌이 머리와 마음에 안개처럼 피어났다. 그게 무엇인지 자세히 보려고 했지만, 쉬이 그 형태를 볼 수 없었다. 하지만 그런 건 아무래도 상

관없었다. 그것은 나에게 더 이상 중요하지 않았다. 지금 필요한 건 저녁밥이다. 너무 배가 고프다. 여행은 끝나지 않았고 다시 네팔로 넘어가야 했다. 주문한 짜이 한 잔을 단숨에 들이켰다. 달고 쌉싸름했다.

덜컹이는 낡은 지프를 타고 인도 국경에서 네팔로 넘어가는 내내 엄마에게 했던 말을 생각했다. 그리고 지난날을 떠올렸다. 스무 살 무렵, 모든 건 엄마 탓이라고 생각했던 건 나만의 착각이었는지도 몰랐다. 이런저런 생각들이 꼬리에 꼬리를 물고 이어졌다. 하지만 떠오르는 생각들을 구태여 막지는 않았다. 생각은 생각대로 놔두고 싶었다. 그 생각들이 지나가야 새로운 생각들이 떠오르고 그 힘으로 한국에 돌아갈 수 있을 것 같았다.

8시간을 달려 네팔의 수도 카트만두에 도착했다. 숙소에 짐을 풀고 시내로 나갔다. 여행자 거리에는 기념품을 파는 상점들이 즐비했다. 늦었지만 엄마에게 생일 선물을 주고 싶었다. 나는 진열된 상품들을 천천히 둘러보았다.

글 · 그림   서민호

따뜻한

말 한마디

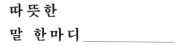

따뜻한
말 한마디

서민호

낮고 푸르른 산들 사이에 마을을 끼고 천천히 강이 흐른다. 강 옆에 근엄한 표정을 짓고 있는 장승을 지나 마을 입구로 들어가면 크고 작은 기와집이 즐비하다. 짙은 안개가 내려앉아 집과 길의 경계가 희미해지는 이곳, 무주무의 아침이다.

마을 입구에서 좁게 이어진 길을 따라 으리으리한 기와집들을 지나면 조그마한 마당에 낡은 기와가 얹힌 집 한 채가 있다. 마당을 지나 마루에 오르면 왼쪽에는 미닫이문이 달린 안방이 오른쪽에는 현대식 욕실과 부엌이 보인다. 부

엌 옆으로 좁은 마루를 지나면 문이 하나 더 있는데, 그 방문 틈으로 말소리가 새어 나온다.

"실내화, 수건, 휴지, 칫솔, 필통."

방 안으로 들어오면 책상 앞에 먼지라는 이름을 가진 아이가 앉아 있다. 책상에는 교과서, 공책, 필통 들이 어수선하게 놓여 있는데, 먼지는 먼저 교과서를 가방에 집어넣었다. 처진 어깨, 굽은 등, 웅크린 자세가 어린 고릴라와 닮았다. 머리카락은 잠자리에서 일어난 모습 그대로 뻗쳐 덥수룩하고 크고 동그란 안경은 도수가 높은지 한껏 찌푸린 눈을 더욱 작아 보이게 만든다. 먼지는 바닥에 펼쳐 놓은 《바른 무주무 생활》의 한 부분을 중얼거리며 필통을 열었다. 색연필 3개, 볼펜 3개, 연필 2개, 커터칼, 가위, 풀, 지우개가 있는 것을 확인하고 다음 장을 넘겼다. 이번에는 책의 내용을 확인하면서 이름, 학년, 반, 번호가 적혀 있는 교과서-비닐로 책 표지가 깔끔하게 싸여 있다-와 노트, 연습장을 가방에 넣고 가위, 휴지, 수건, 양치 컵, 칫솔, 물통, 작은 빗자루, 실내화, 체육복, 모자, 여분 옷을 차곡차곡 챙겨 넣었다. 빵빵해진 가방에 마지막으로 우산을 밀어 넣으려고 했지만 잘 들어가지 않아 결국 손잡이가 밖으로 삐져나오게 끼워 넣는 것으로 마무리했다. 먼지는 가방의 지퍼를 잠그기 전에 가방 고리에 달린 시간표를 확인했다.

"하… 오늘 미술 수업 있네."

먼지는 미술 시간이 싫었다. 소심하고 초라한 자신을 다른 사람에게 드러낼 수밖에 없는 시간이기 때문이다. 먼지는 죽상을 하며 미술 도구를 챙겼다. 도화지는 말아서 우산 옆에 욱여넣고 붓, 물감, 팔레트는 가방 안 물건들 사이사이로 밀어 넣었다.

"먼지야. 밥 먹어라!"

밖에서 들리는 어머니의 부름에 물건을 다 못 챙길까 봐마음이 급해졌다. 먼지는 바닥에 놓인 지갑을 집어 얼른 뒷주머니에 넣었다.

"얼른 나와! 7시야!"

화가 난 듯한 어머니의 목소리. 시계는 6시 50분을 가리키고 있다. 어머니의 시계는 항상 먼지의 시계보다 빠르다. 먼지의 마음은 더 조급해진다.

"노트 어디 갔지? 책장 위에 두었는데."

먼지는 허둥대며 책장을 살핀다.

"아이참… 맨날 왜 이러지."

먼지는 목 주위에 열이 오르는 걸 느끼며 책상 아래까지 들여다보았다.

"어… 아! 찾았다!"

"먼지야!"

"네, 나가요."

먼지는《바른 무주무 생활》의 12페이지를 펼치고 용모와 복장 예절 부분을 빠르게 읽었다.

용모와 복장 예절

1. 종아리가 드러나지 않는 길고 통이 넓은 바지

2. 상의는 카라가 있는 옷을 입고, 바지 안으로 넣는다.

3. 머리는 단정하게 양쪽 옆으로 빗어 넘긴다.

먼지는 적힌 순서에 따라 옷을 입는다. 상의 아래 끝을 바지에 밀어 넣고 허리띠가 보이지 않게 덮는다. 배바지는 입기 싫다. 창문 옆 긴 거울 앞에 서서 빗으로 반 가르마를 타고 양쪽에 뜬 머리카락은 손으로 꾹꾹 눌러 준다. 옷매무새를 확인한 먼지는 깊게 숨을 들이마시고 잠겨 있는 문고리를 돌려 방에서 나간다.

식탁에는 밥, 소고기뭇국, 몇 가지 채소 반찬이 차려져 있다. 먼지는 식탁 의자 등받이에 몸이 닿지 않게 꼿꼿이 앉는다. 그리고 마루 건너 미닫이문이 열린 안방을 힐끗 쳐다본다. 아버지가 이쪽으로 오고 있다. 무표정한 얼굴로 검은 넥타이를 고쳐 매며 부엌으로 들어와 식탁 의자에 앉는다. 먼지는 아버지의 수저를 주시하다 숟가락이 아버지의 손에 들리는 것을 보고 자신도 음식을 뜨기 시작한다. 입은 음식을 넣을 때만 벌리고 음식이 들어가면 먹는 소리가 나지 않게 꼭 다물고 씹었다. 각자의 밥과 국그릇이 비워지는 동안 먼지와 아버지는 한마디의 말도 하지 않았다. 왜냐하면《바른 무주무 생활》에 '음식을 입에 넣고 말하지 않기'라고 적혀 있기 때문이다.

먼지는 아버지의 밥그릇과 국그릇을 곁눈질로 확인하면서 아버지의 속도에 맞춰 음식을 비워 냈다. 아버지가 밥그릇에 물을 부어 접시 공양을 하자 남은 밥을 한데 모아 숟가락에 떠서 입에 욱여넣었다. 그리고 수저를 국그릇 옆에 소리 나지 않게 내려놓았다. 아버지가 일어나자 먼지도 "자, 잘 먹었습니다." 하고는 의자를 들어 뒤로 빼며 일어났다.

다시 방으로 들어온 먼지는 소리 나지 않게 문을 닫고 문고리의 잠금장치를 조심히 눌렀다. 긴장으로 높게 솟아오른 어깨가 아래로 내려왔다. 먼지는 시계를 힐끗 본 후 책상 위에 올려진 무협지를 집어 들었다. 먼지는 무협지가 좋았다. 책을 읽는 동안은 현실의 내 모습을 잊을 수 있었고 무엇보

다 책 속에서 여러 사람에게 사랑받는 주인공이 된 것 같아 기분이 좋았다.

잠깐 책을 읽는다는 게 시계를 보니 7시 34분. 8시 반까지 등교하려면 서둘러야 한다. 마음이 급해진 먼지는 자리에서 일어나 안 그래도 포화 상태인 가방 속으로 책을 밀어 넣었다. 그리고 '헙' 하는 소리와 함께 양손에 힘을 주어 가방을 둘러멨다. 어깨를 짓누르는 무게, 먼지는 그 무게가 자신을 짓누르는 것 같다고 느끼며 양쪽 어깨끈의 길이를 조절하여 무게의 균형을 잡았다. 아직 메지 않은 작은 가방이 하나 더 바닥에 놓여 있었다. 그 가방에는 자주 쓰는 물건들을 종류별로 주머니에 담아 놓았다. 먼지는 엉거주춤 다리를 구부려 작은 가방을 집어 들고 가슴 앞에 멨다. 가방을 모두 멘 먼지는 다리에 느껴지는 중력을 체감하며 입으로 숨을 크게 한번 내쉬었다. 가방은 식은땀이 날 만큼 먼지를 짓누르기도 하지만 때로는 다른 이의 공격으로부터 자신을 지킬 수 있는 갑옷과도 같았다. 옆에 없으면 걱정되고 불안하다가도 같이 있으면 신경 쓰이고 거추장스러운 그런 존재 말이다. 먼지는 방을 나서기 전 다시 《바른 무주무 생활》을 펼쳤다.

2.2 외출 시 지켜야 할 예절

- 허리와 가슴을 펴고 걷는다.

- 멀리서 어른이 보이면 인사말 없이 고개를 숙여 인사
  한다.

- 발소리는 크게 나지 않게 신경 쓰며 걷는다.

- 큰길로 다닌다.

먼지는 읽은 내용 하나하나를 몇 번이고 되뇌며 집을 나섰다.

7시 50분. 해는 떴지만 앞이 잘 보이지 않을 만큼 안개가 짙었다. 먼지는 아침이 되어도 사라지지 않는 이 안개가 고마웠다. 짙은 안개는 다른 사람의 시선으로부터 먼지를 가려주기 때문이다. 지나가는 어른에게 대충 인사를 해도 괜찮았다. 그래도 누가 자신을 알아볼까 싶어 어깨를 잔뜩 웅크리고 버스 정류장으로 걸음을 옮겼다.

버스 정류장에는 여섯 사람이 서 있었다. 그중 어른은 두 명. 눈이 마주치면 인사를 해야 하기 때문에 먼지는 그들과 거리를 두며 정류장 뒤쪽에 서서 《바른 무주무 생활》을 읽기 시작했다.

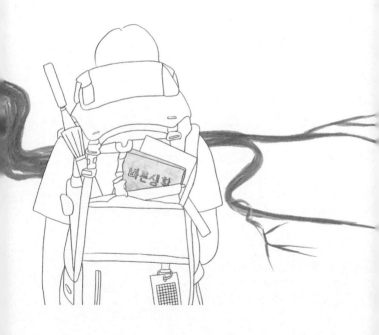

3.2 대중교통 이용 시 지켜야 할 예절

– 버스 탈 땐 기사님께 인사 후 동전을 넣는다.

– 어른, 임산부, 장애인에게 자리를 양보한다. (상대가 불
  편하지 않게 미리 일어나기)

– 사람이 많으면 가방은 앞으로 메거나 다른 사람의
  편의를 위해 다음 차에 승차한다.

– 가능하면 대화는 삼가고 꼭 해야 한다면 작은 소리
  로 한다.

– 뒷문 승차 금지

어느덧 안개를 가르며 달려오는 버스의 묵직한 소리가 들
렸다. 책과 도로를 오가던 먼지의 시선이 소리가 나는 방향
으로 고정되었다. 버스가 도착하기 전에 책을 넣지 못할까
봐 조바심이 난 먼지는 가방에 책을 대충 쑤셔 넣으며 승강
장으로 걸음을 옮겼다. 물론 동전을 꺼내는 것도 잊지 않았
다. 하지만 사람들 앞쪽에 설 용기가 없는 먼지는 맨 뒷줄
로 갔다. 앞에 선 사람들이 버스에 오르고 나니 버스는 벌
써 만원이 되었다. 사람이 많은 버스를 타는 것은 먼지에게
버거운 일이었다. 먼지는 버스에 타고 싶지 않은 마음과 학
교에 늦기 싫은 마음 사이에서 갈등을 했다. 그사이 버스의

문이 닫혔다. '다음 버스까지 놓치면 지각인데, 그래도 책에 있는 말을 잘 지켰어.'라고 생각하며 다음 버스를 기다렸다. 뒤에서 인기척이 들렸지만 먼지는 뒤돌아보지 않았다. 다시 안개 사이로 움직이는 물체가 어른거렸다. 먼지는 버스가 설 곳을 가늠하며 천천히 걸음을 옮겼다. 다행히 이번 버스는 사람이 적었다. 먼지는 버스에 오르자마자 요금함에 동전을 집어넣고는 아차 했다.

"아, 죄, 죄송합니다. 안녕…하세요."

'아…. 인사를 먼저 했어야 하는데……' 먼지는 기사 아저씨에게 더듬거리며 사과를 했다. 기사 아저씨가 찡그린 얼굴로 먼지를 쳐다보았고 다른 어른 몇몇도 한심하다는 듯이 먼지를 바라봤다. 얼굴이 빨개진 먼지는 고개를 숙이며 맨 뒷좌석 구석으로 가 앉았다. 그러고는 등에 멘 가방을 무릎 위에 올려놓고 얼굴을 파묻었다. 버스가 출발하고 얼마나 흘렀을까. 이젠 괜찮겠지라고 생각한 먼지는 고개를 들고 바깥바람이 버스 안으로 들어오도록 창문을 조금 열었다. 많이 열면 휙휙 들어오는 바람에 다른 사람들이 불편할 것이기 때문이다. 먼지는 책을 꺼내 목차를 확인한 후 페이지를 넘겼다.

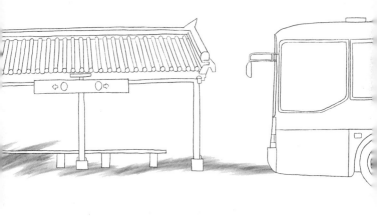

4. 학교 예절

4.1 등하교 예절

– 교문에 들어가기 전에 옷매무새가 단정한지 두 번
확인한다.

– 명찰은 왼쪽 가슴 주머니 위에 단다.

– 등교 시간을 철저히 지킨다.

– 선생님을 만나면 공손하게 인사하며 감사의 마음을
표현한다.

– 인사 방법 : 번호, 분파, 이름을 복창한다.

4.2 선생님에 대한 예절

4.3 교무실 출입 시 지켜야 할 예절

4.4 교실에서 지켜야 할 예절

먼지는 수시로 창밖을 쳐다보며 현재 위치를 확인했다.
버스가 학교에 도착하기까지 두 정거장, 다시 책을 가방에
넣은 먼지는 가방을 등에 메고 의자 끝에 걸터앉았다. 창밖
으로 대상고등학교의 오르막길이 보이기 시작했다. 먼지는
자리에서 일어나 뒷문으로 갔다. 먼지를 쳐다보는 사람은
아무도 없었다.

시계를 보니 8시 15분. 다행히 지각은 아니다. 먼지는 산

중턱에 있는 학교로 걸어 올라가며 인사말을 연습했다.

'선생님을 만나면 공손하게 인사하고 감사의 마음을 표현한다. 안녕하세요. 감사합니다.'

교문 앞에는 미간을 한껏 찌푸린 수학 선생님이 지시봉으로 교문을 탁탁 치면서 올라오는 아이들을 주시하고 있었다. 먼지는 빠른 걸음으로 교문을 향하는 동안 선생님의 위치를 힐끗힐끗 가늠했다. 교문에 다다른 먼지는 고개를 숙이며 기어들어 가는 목소리로 선생님에게 인사했다.

"안녕하세요… 감사합니다."

"야! 너 거기. 이리 와 봐!"

먼지는 흠칫 놀라 굳은 자세로 멈춰 서서 고개를 들었다. 선생님은 먼지가 아닌 체육복 바지를 입은 학생을 향해 지시봉을 까딱거렸다. 그 장면을 본 먼지는 안도하며 빠른 걸음으로 교문을 지나 교실로 갔다.

교실은 아이들 소리로 시끄러웠다. 먼지는 맨 뒤 창가 옆 자리에 가방을 내려놓고 앉았다. 작은 가방은 책상 옆 고리에 걸고 큰 가방은 책상 아래에 세워 두었다. 먼지는 가방에서 물건을 꺼내 정리를 하고 〈44 교실에서 지켜야 할 예절〉을 폈다. 책의 내용을 확인하다 '명찰 부착'을 발견한 먼지는 깜짝 놀라 손으로 가슴 위를 만져 보았다. 아무것도 없었다. 책을 여러 번 읽었다고 생각했는데 확인하지 못한 자신을 자책했다. 그래도 교문에서 선생님에게 걸리지 않은 것은 다행이다. 먼지는 안도하며 작은 가방에서 명찰을 꺼내 달고 벽에 걸린 시계를 봤다. 수업까지 꽤 시간이 남았다. 먼지는 팔을 베고 책상 위에 엎드렸다.

얼마 후 수업 종이 울렸다. 먼지는 이마를 문지르며 천천히 몸을 일으켰다. 1교시는 도덕 시간이다. 먼지는 서랍 속에서 책을 찾아 책상 위에 올려 두었다. 곧 앞문이 열리고 시끌시끌했던 교실은 조용해졌다. 갈색 개량 한복 차림에 짧게 정리된 수염, 한 올의 흐트러짐 없이 깨끗하게 뒤로 빗어 넘긴 머리, 잔뜩 힘이 들어간 짙은 눈썹. 언제나 변함없는 도덕 선생님의 모습이다. 선생님이 교탁에 서자 아이들은 반장의 구령에 따라 인사를 했다. 무심히 고개를 끄덕인 선생님은 오늘 수업 내용을 칠판에 적기 시작했다.

'흰 두루마기에 갓을 쓴 한 할아버지가 무거운 짐을 들고 도로를 무단횡단하고 있다. 우리가 해야 할 행동은?'

선생님은 아이들을 향해 돌아서서 지휘봉으로 교탁을 내리쳤다.

"누가 대답해 볼까?"

침묵이 이어졌다. 먼지는 선생님에게 지목 당할까 봐 앞에 앉은 아이 뒤로 몸을 숨겼다. 그때 선생님이 한 학생을 가리키며 말했다.

"야! 너, 말해 봐!"

"네! 21번. 금산공파 연기! 할아버지께 위험하다고 소리칩니다."

"어디 어른께 이래라 저래라야? 너 뒤로 가서 손 들고 있어."

귀까지 빨개진 연기는 후다닥 일어서 뒤로 갔다.

"다음 너!"

"네! 46번. 정임공파 모래! 건너가시는 걸 보고 있겠습니다."

"야, 그러다 할아버지가 다치시면 네가 책임질 거야? 너도 뒤로 가! 다음!"

"네! 42번. 하상공파 황사! 제가 도로로 나가서 할아버지께서 지나가실 때까지 자동차를 막고 있겠습니다."

"머저리 같으니라고. 차 있는 데로 나가겠다고? 너도 뒤로 가! 다음!"

선생님은 짜증이 난 표정으로 또 다른 학생을 가리켰다.

질문이 이어졌지만 아무도 제대로 된 대답을 하는 아이가 없었다.

"머저리 같은 놈들, 뭐 하나 제대로 아는 게 없어? 모두 책 펴!"

지목의 시간이 끝났다. 선생님은 비웃음에 찬 눈으로 아이들을 비아냥거렸다. 먼지는 자신이 걸리지 않은 것에 안도하며 자세를 고쳐 앉았다. 선생님은 칠판에 적힌 것을 지우고 다음 내용을 적기 시작했다.

준법정신과 노인 공경

수업 내내 지루하고 강압적인 훈계가 이어졌다. 위협적인 말로 혼을 내고, 낮고 강한 음성으로 겁을 줬다. 먼지에게는 그 말들이 크고 작은 가시가 되어 자신을 공격하는 것처럼 느껴졌다. 이런 불편한 시간이 얼마나 지났을까. 수업 끝을 알리는 종소리가 들렸다.

"잘들 좀 하자. 어?"

선생님은 이 말을 남기고 교실 문을 쾅 닫고 나갔다. 조용했던 교실이 이내 시끌시끌해졌다. 먼지는 눈을 감고 책상에 엎드렸다. 혼자만의 시간과 공간, 잠깐의 휴식이 필요했다.

"딩! 동!"

2교시는 국어 시간이다. 먼지는 띵한 머리를 왼손으로 받치고 서랍에서 국어책을 찾아 책상 위에 올려놓았다. 먼지는 국어 시간도 좋아하지 않는다. 책에 나오는 글들은 재미도 없고 무슨 숨은 의미가 그리 많은지 이 정도도 모르면 너는 여기 있을 가치가 없어, 하는 것 같아 답답해졌다. 게다가 더 고역인 것은 앞에 나와 발표를 해야 하는 책 읽기 시간이다. 글의 내용보다 앞으로 읽어야 할 글을 더듬지 않아야 한다는 강박이 늘 먼지를 괴롭혔다.

국어 선생님이 교탁 앞에 섰다. 검은 뿔테 안경 사이로 두툼하고 큰 코, 짧고 단정한 머리에 작은 눈, 꽉 다문 입술이 그의 성격을 짐작케 했다. 반장의 구령에 아이들이 인사를 하고, 선생님은 칠판에 '효녀 심청'을 적었다. 선생님은 아이들에게 말했다.

"누가 읽어 볼까?"

순간 교실에는 숨소리 하나 들리지 않는 정적이 흘렀다. 지목되기 싫은 아이들은 선생님의 눈을 피했다. 선생님은 아이들을 찬찬히 훑어보다가 교탁 앞에 앉은 아이를 가리켰다.

"너, 12쪽부터 읽어 봐!"

"네, 37번. 문성공파 황토. 읽어 보겠습니다! 옛날 옛적에 심학규라는 봉사가 살았습니다. 심 봉사는 마음씨 고운 부인과 행복하게 살았었는데 딸을 낳고 며칠 만에 부인이 그만 세상을 떠나고 말았습니다."

먼지는 이번에도 살았구나 생각했다. 저 글이 끝나려면 한참은 걸린다. 먼지에게 시간을 뛰어넘는 능력이 있으면 좋겠지만 그런 능력은 없다. 먼지는 공상 속에 빠지는 것으로 이 시간을 견디기로 한다.

옛날 옛적에 어느 마을에 먼지라는 아이가 살았어. 그 아이는 낯을 많이 가리는 성격에 긴장을 하면 말을 더듬는 버릇도 있었지. 그리고 누군가 자신을 쳐다보면 부끄러워서 숨기 일쑤였어. 그러던 어느 날, 먼지는 집으로 가려고 마을 앞 섶다리 위를 걷고 있었지. 해가 산 아래로 떨어지고 있어 어두워지기 전에 얼른 가야지 하며 걸음을 재촉했어. 그런데 저기 한 할배가 지팡이를 짚으며 이쪽으로 천천히 걸어오고 있는 게 아니겠어? 아이고, 어떤 할배인지 모르겠지만 날 보면 또 무슨 잔소리를 할까 싶어 돌아가고 싶었지만 피해 갈 길이 없네. 어쩔 수 없지 하며 먼지는 다리를 건넜어. 그런데 이쪽으로 걸어오는 할배 걸음이 이상해. 눈을 감고 지팡이에 의지하며 천천히 앞으로 걸음을 떼고 있는 거야.

먼지는 뭐지 하다가 곧 알아차리고는 쾌재를 부르고 모른 척하고 지나가야지 생각했지. 뒤꿈치를 들고 조심조심 걸음을 옮겼어. 한 발, 한 발, 할배와 점점 가까워지고 지나치기까지 몇 걸음이 남지 않았는데 갑자기 할배가 기우뚱하더니 개천에 풍덩 빠져 버렸지 뭐야. 허우적대며 "사람 살려." 하고 있어. 먼지는 우선 사람부터 살려야겠다는 생각에 개울로 뛰어들어 할배 몸을 일으켰어. 다행히 물은 깊지 않았거든. 할배를 부축해서 섶다리에 올라와 할배가 괜찮나 싶어 보는데 할배가 날 보고 얘기하네.

"아이고. 고맙네. 날 구해 준 분이 누군가?"

"아, 안녕하세요. 하기공파, 먼지입니다."

"허허. 뉘 집 자식인지 모르겠지만 잘 키웠네그려. 잘 키웠어. 근데 내가 부탁 하나 더 해도 되겠나?"

"네, 말씀하세요."

"우리 딸이 내가 언제 집에 오나 하고 기다리고 있을 텐데 집까지 나 좀 업어다 줄 수 있겠나?"

먼지는 얼른 집에 가고 싶었지만, 할배의 요청을 거절하기 힘들었어.

"네, 알겠어요. 업히세요."

"고맙네, 고마우이."

할배는 고맙다는 인사를 몇 번이나 하며 먼지의 등에 업혔지. 먼지도 할배의 칭찬에 괜히 우쭐한 마음이 들었지. 그렇게 할배 집으로 향했고 마을로 들어섰지. 할배는 주위에서 인기척이 느껴질 때마다 그쪽을 바라보며 소리쳤어.

"동네 사람들, 내 말 좀 들어 보소! 깊은 개울에 빠져 허우적대는 날 이 아이가 구해 줬다오. 내가 괜찮다고 하는데 집까지 업어다 주겠다고 이리 날 업고 있소."

그 말에 마을 사람들은 대견하다는 표정으로 먼지를 쳐다보는 게 아니겠어? 먼지는 부끄러우면서도 괜히 기분이 좋았어. 칭찬 받는 게 너무 오랜만이었거든. 뭔가 대단한 사람이 된 것 같았어.

그런데 할배를 꽤 오래 업고 있었더니 팔에 감각이 없어지고 팔이 끊어질 듯 아파 오네. 말은 안 했지만, 할배가 생각보다 무거워. 하지만 안 힘든 척했지. 왜냐고? 먼지는 대단한 사람으로 보이고 싶었으니까.

'좀만 더 참으면 돼.' 하며 할배 집으로 걸었지. 등에 업힌 할배가 저가 자기 집이래. 그래서 가리킨 곳을 봤는데 긴 댕기 머리의 어여쁜 처자가 서 있는 게 아니겠어? 눈 밑으로 잿빛의 어둠은 있었지만 그렇게 예쁜 사람을 본 적이 없었어. 먼지는 그 처자에게 잘 보이고 싶은 마음에 여유로운 표정까지 지으며 할배를 업고 걸었어.

"할배, 저기 평상에 내려 드릴까요?"

"그래, 그래, 그렇게 해다오."

"아버지, 무슨 일이에요? 어쩌다 다치셨어요? 얼른 옷 준비할게요. 그런데, 이분은 누구……?"

처자의 물음에 할배가 오늘 있었던 일들을 허풍까지 더해서 이야기하네. 그러면서 먼지를 추켜세우는 게 아니겠어? 먼지는 겉으로는 "아니에요, 아니에요." 하면서도 처자가 자신을 좋아해 줄 것 같은 기대감에 늠름한 표정을 지으려고 노력했어. 그때 집 문 앞에서 목탁 소리가 크게 들려왔어. 고개를 돌리니 스님이 이쪽을 바라보고 서 있네.

"탁! 탁! 탁!"

"탁! 탁! 탁!"

선생님이 지휘봉을 교탁에 두드리며 먼지를 쳐다보고 있었다.

"거기 너! 집중 안 해?"

먼지는 자신을 부르는지도 모르고 입가에 미소를 띤 채 멍한 표정을 짓고 있었다.

"어쭈 웃어? 대답 안 해?"

옆에 앉은 아이가 먼지의 옆구리를 툭 쳤다. 그제야 현실로 돌아온 먼지는 후다닥 자리에서 일어섰다.

"네, 19번. 하기공파 먼지!"

"일어서라고 한 적 없는데? 너 뭐야! 어? 수업에 집중 안 하고 뭐 하는 거야? 대답 안 해? 내 말이 웃겨?"

얼굴은 화끈거리고 귀까지 빨개진 먼지는 고개를 숙였다. 먼지를 향한 선생님의 꾸중이 계속 이어졌다. 나를 깔본다, 네 부모는 누구냐, 집에서 뭐 배웠냐, 복장은 왜 그 모양이냐, 그럴 줄 알았다 등의 비난이 한동안 이어졌다.

"한 번만 더 그래 봐! 어?"

먼지는 기어들어 가는 목소리로 답했다.

"네… 알겠습…니다."

"똑바로 대답 못 해? 이제까지 내가 한 말 뭐로 들은 거야. 네 대가리는 장식품이냐?"

먼지는 겁에 질려 갈라지는 목소리로 소리 높여 대답했다.

"앞으로 안 그러겠습니다. 죄송합니다!"

선생님은 답답하다는 표정으로 한숨을 크게 내쉬며 책을 읽던 아이에게 다시 읽게 했다. 긴장한 먼지는 아무 생각이 들지 않았다. 책 읽는 소리도 웅얼웅얼 들리고 몸은 꼿꼿한 채로 움직이지 않았다. 책 읽기가 끝나고 선생님의 설명이 이어지던 중 종소리가 울렸다. 짜증이 난 선생님은 인사도 받지 않고 문을 닫고 나가 버렸다. 모든 게 자기 때문에 벌어진 일이라고 생각한 먼지는 어디로든 숨고 싶었다. 하지만 교실 안 어디에도 숨을 곳은 없었다. 다만 책상에 엎드리면 자신을 비난하는 시선은 피할 수 있었다. 먼지는 울음을 꾹 참으며 책상에 엎드렸다. 작은 어둠 속에서 깊은 숨을 한 번 들이마시고 내쉬니 마음이 조금 진정됐다. 긴장이 조금 풀어진 먼지는 한쪽 팔을 펴고 편한 자세로 바꾸었다. 긴장이 풀리니 피곤이 밀려왔다. 교실의 시끄러운 소리들이 먼지로부터 점점 멀어지고 엷어졌다.

새벽을 여는 듯한 희미한 어둠, 따뜻함이 느껴지는 빛이 안개 사이로 스며들었다.

'여긴 어디지? 그리고 저건 뭐지?'

먼지 앞에 옅은 분홍빛의, 안이 비칠 듯 말 듯한 큰 연꽃 봉오리가 있었다. 이른 아침의 서늘한 기운 때문일까. 청초한 느낌이 나는 연꽃. 먼지는 자신도 모르게 연꽃에 홀린 듯 앞으로 다가섰다. 연꽃 안에는 어렴풋이 사람의 형체가 보였다. 먼지는 안으로 팔을 밀어 넣으며 꽃잎을 하나씩 조심스레 펼쳐 보았다. 코끝을 간질이며 기분 좋은 향기가 꽃잎을 펼칠 때마다 퍼졌다. 반대 손을 밀어 넣어 시야를 밝힌 연꽃 안에는 한 소녀가 웅크리고 있었다. 꼭 자궁 안에 웅크리고 있는 태아처럼. 먼지는 잠깐 머뭇거리다가 소녀의 어깨를 조심스럽게 톡톡 두드렸다.

"저기…, 괜찮으세요?"

소녀가 살며시 고개를 들며 말했다.

"누구…세요?"

"저는… 먼지예요. 어, 혹시……"

"아, 지난번에 저희 집에 오셨던……."

눈을 마주한 두 사람은 서로를 알아보았다. 처자는 몰라보게 달라져 있었다. 예전의 어두웠던 얼굴빛은 사라지고 청초함과 아름다움만으로 빛나고 있었다. 먼지는 왜 여기에 있는지 물으려 하다가 마지막 장면에서 보았던 스님이 떠올랐다.

"혹시, 그 스님 때문에?"

"아니요, 제가 가자고 했어요. 그래도 덕분에 많은 것을 배웠어요."

"죽을 뻔했잖아요. 안 힘들었어요?"

"네, 힘들긴 했지만, 저를 알아가는 시간이 되었어요. 그동안 제 마음속의 말들을 무시하고 살았거든요. 그런데 아는 사람이 하나도 없는 곳에 떨어지니 제 마음속 이야기가

들렸어요. 이야기를 한참 듣는데 너무 불쌍해서 눈물도 나고 외롭고 힘들었던 나를 안아주고 싶었어요. 그런 나를 한번 꼭 안아주니 정말 기뻤어요. 그 기쁨이 나를 좋아할 용기를 줬어요. 누군가의 기대에 충족하려고 노력하지 않아도 되고 그냥 나로 머물러도 충분하다고 말이죠. 온전한 나로 있으니 그곳의 사람들도 저를 많이 좋아해 줬어요. 감사했죠. 그런데 꽤 괜찮은 내가 함께한다고 생각하니 원래 내가 있던 곳에 오고 싶다는 생각을 들었어요."

"다시, 이곳으로요?"

"네, 여기가 온전한 저를 받아 주는 안전한 곳은 아니지만 이젠 저를 좋아할 수 있는 용기가 있으니까요."

"잘 이해는 안 되지만 지금 당신은 너무 빛나고 멋져 보여요. 부럽고 대단해 보여요. 저도 절 좋아할 수 있을까요?"

소녀는 두 손으로 먼지의 손을 꼭 감싸며 대답했다.

"제가 느꼈던 먼지 님은 좋은 느낌을 전해 주는 분이었어요. 그러니 마음속에서 다른 목소리가 뭐라고 비난하더라도 주눅 들지 말고 잘 들리지 않는 진짜 목소리에 귀 기울여 보세요. 애타게 당신이 오기를, 들어주기를 기다리고 있을 거예요. 그럼 상처받기 싫어 구석에 숨어 있는, 누구보다 사랑스러운 이를 발견할 수 있을 거예요."

"정말 그럴 수 있을까요?"

"네, 할 수 있어요."

소녀의 말에 먼지는 얼어붙었던 마음이 녹아내리는 것 같았다. 먼지는 크게 심호흡했다. 향기로운 연꽃 향이 온몸에 가득 채워지는 느낌이었다. 얼굴을 스치는 바람도 기분 좋게 느껴졌다. 바람에 흔들거리는 소녀의 머리카락과 주위로 흩날리는 연꽃잎이 무척이나 아름다웠다.

'그래, 해보자. 할 수 있어!'

먼지가 혼잣말로 중얼거렸다. 그때 먼지의 어깨 위로 빗방울이 떨어졌다.

'응? 비?'

먼지는 하늘을 올려다보았다.

"툭! 툭! 툭!"

"툭! 툭! 툭!"

선생님이 엎드려 있는 먼지의 어깨를 지시봉으로 두드렸다.

"야! 일어나! 이번엔 자고 있나?"

짜증이 담긴 국어 선생님 목소리. '국어 선생님이 왜 여기에?' 하고 있는데 선생님이 다시 한번 호통을 쳤다.

"정신 못 차려? 일어나라고!"

그제야 현실로 돌아온 먼지는 자신을 노려보고 있는 선생님이 꿈이 아니라는 것을 깨닫고 벌떡 일어섰다.

"누가 일어나라고 했어? 그리고 왜 누군지 말을 안 해?"

선생님의 호통에 먼지는 더듬거리며 대답했다.

"네… 19번, 먼지… 아… 19번, 하기공파 먼지입…니다!"

먼지는 어쩔 줄 몰라 그냥 서서 대답을 하고 말았다.

"무시한다 이거지? 학교 뭐 하러 왔냐? 어? 내가 음악 선생 대신 자습 안 들어왔으면 계속 이러고 있었을 거 아냐, 못난 놈."

선생님의 말에 먼지의 고개는 더욱 움츠러들었다. 아이들은 잔뜩 겁을 먹은 얼굴로 선생님과 먼지를 번갈아 쳐다봤다. 한참 나무라던 선생님은 먼지가 아무 말도 없자 얼굴까지 빨개지며 지시봉을 흔들었다.

"야, 너 대답도 안 해? 무시하냐? 쪼끄만 게 어른한테 잘한다. 집에서 그렇게 가르치디? 어, 어, 그래도 대답 안 해? 이게 정말!"

선생님은 화를 주체하지 못하며 소리를 질렀다. 소리는 날카로운 새의 울음소리 같았다. 빨개진 눈에 목까지 벌겋게 달아오른 선생님은 먼지에게 근처에 있는 물건을 잡히는 대로 집어던졌다. 이번에는 빨개진 목과 얼굴이 부풀어 오르기 시작했다. 그러자 선생님의 소리에 반응한 아이들까지 소리를 지르며 얼굴이 빨갛게 부풀어 올랐다. 풍선처럼 부풀어 오른 머리들이 몸을 압도할 만큼 커졌고 그 무게로 인해 머리는 각자의 몸을 깔아뭉개며 내려앉았다.

"쿵, 쿵, 쿵 ……."

기괴한 모습으로 내려앉은 머리들이 비명을 질러 댔고 날카로운 울음소리와 난동으로 교실과 복도 문은 부서지고 창문이 깨졌다. 이때 고통으로 몸부림치던 머리들 뒤로 갈색 깃털의 날개가 돋아나 머리를 감쌌다. 얼룩덜룩 지저분한 털에 건드리면 찌를 듯한 날개 사이로 크고 까만 눈동자와 시뻘건 핏줄이 가득한 흰자위가 보였다. 그 밑으로 뾰족하고 긴 코가 땅까지 길게 늘어졌다. 선생님과 아이들은 어느새 험악하게 생긴 부엉이 형상을 한 괴물로 변해 버린 것이다. 먼지는 너무 놀라 얼어붙고 말았다. 움직이고 싶었지만 다리가 바닥에서 떨어지지 않았다. 덩치가 제일 큰 괴물이 소리를 지르며 입을 벌려 옆에 있는 작은 괴물들을 꿀꺽 삼켜 버렸다. 그것을 본 다른 괴물들도 자신보다 작은 괴물들을 향해 입을 벌리고 달려들었다. 지옥과 같은 상황이었다. 먼지는 공포에 휩싸여 그 자리에 주저앉고 말았다. 두려움도 잠시, 먼지는 괴물에게 먹혀 죽고 싶지 않았다. 도망가

야 했다. 교실 문에는 부엉이들이 서로 엉켜 뒹굴고 있어 나
갈 방법이 없었다. 운동장 쪽을 보니 맨 뒤 창문이 비어 있
었다. 먼지는 덜덜 떨리는 손으로 책상에 걸어 둔 가방에서
물건을 모두 쏟아 낸 후 한 손에 움켜쥐고 바닥에 엎드린
채 책상 밑을 지나 창문을 향해 기었다. 창문에 다다르자
먼지는 깨진 유리 사이로 창밖을 내다보았다. 2층이라 화단
으로 뛰어내리면 괜찮을 것 같았다. 하지만 창틀에 올라 보
니 생각보다 꽤 높아 다리가 떨려 왔다. 그때 뒤에서 먼지를
발견한 괴물 하나가 입을 벌리고 창문으로 다가왔다. 망설
이던 먼지에게는 더 이상 선택의 여지가 없었다. 먼지는 밖
으로 몸을 날렸다. 착지를 제대로 못 해 바닥에 뒹굴었지만
다행히 다치지는 않았다. 꽤 높았는지 다리에 찌릿함이 느
껴졌다. 먼지는 고개를 돌려 교실을 올려다보았다. 괴물들
은 창문에 붙어 서로 먼저 나가겠다고 몸을 들이밀며 소리
를 지르고 있었다. 먼지는 괴물들을 뒤로하고 교문을 향해
뛰었다. 분명히 온 힘을 다해 뛰고 있는데도 교문은 너무 멀
기만 했다. 누가 뒤에서 먼지를 잡아당기는 것처럼 말이다.
숨이 차오르고 심장이 터질 것 같았지만 그냥 뛰었다. 너무
무섭고 두려워서 뛰는 것 외에는 아무것도 할 수가 없었다.

드디어 교문을 벗어나 산 아래로 내려가는데 정류장으로

다가오는 버스가 보였다. 저 버스를 타야 이곳에서 벗어날 수 있다. 버스는 먼지보다 먼저 정류장에 도착했다. 버스 문이 열리자 먼지는 있는 힘을 다해 문으로 뛰어올랐다. 잘 쉬어지지 않는 숨을 억지로 내쉬며 가슴께를 더듬어 작은 가방을 찾았다.

'아, 교실!'

교실에서 도망 나올 때 작은 가방을 챙기지 못한 것이다. 먼지는 잠깐 머뭇거리다 기사에게 사정해 보기로 했다.

"기사님, 동전을 두고 왔는데 도착해서 드려도 될까요? 어? 으악!"

운전석에는 험상궂게 표정을 일그러뜨린 부엉이가 먼지를 노려보고 있었다. 먼지는 너무 놀라 뒷걸음질 치다가 계단 아래로 굴러떨어졌다. 바닥에 무릎이 쓸려 쓰라렸지만, 신경 쓸 틈이 없었다. 바로 일어나 뛰기 시작했다. 자신이 감당할 수 있는 일이 아닌 것 같았다. 주저앉아 울고 싶었지만 지금 먼지를 도와줄 사람은 아무도 없었다.

그렇게 무작정 뛰었다. 얼마나 뛰었을까. 마을 앞 장승이 보였다. 마을에 다다른 먼지는 숨을 고르며 천천히 뒤를 돌아봤다. 길과 강 외에는 아무것도 없었다. 날카로운 부르짖음도 더 이상 들리지 않았다. 너무 뛰었는지 목이 아팠다.

침도 제대로 삼켜지지 않았다. 온몸은 땀으로 샤워한 듯 흠뻑 젖어 있었다. 먼지는 후들거리는 다리를 진정시키기 위해 바닥에 앉았다. 그리고 방금 전에 있었던 일을 떠올려 보았다. 아무리 생각해도 말이 안 되는 일이다. 하지만 분명히 보았다. 분노한 괴물들이 날뛰던 지옥을. 두려움에 몸서리를 치고 있는데 강 너머로 다시 어지러운 소리가 들렸다. 안개 사이로 괴물들이 강 건넛마을을 아수라장으로 만들고 있었다. 겁이 난 먼지는 억지로 무거운 몸을 일으켜 집으로 향했다. 집으로 가는 길에 몇몇 어른과 마주쳤지만 신경 쓸 겨를이 없었다.

"인사도 안 해? 이런 못 돼먹은 놈!"

"뉘 집 자식이야?"

어른들은 먼지에게 손가락질을 하며 소리쳤지만 먼지는 듣지 않기로 했다. 지금 그런 건 중요하지 않았다.

집 문 앞에 도착한 먼지는 신발을 대충 벗어 두고 자기 방으로 뛰어갔다. 닫힌 문틈 사이로 어머니의 목소리가 들렸다.

"무슨 일이야? 학교는 어쩌고?"

어머니의 말에 대답도 하지 않고 문을 잠근 먼지는 책상을 밀어 문 앞으로 옮겼다. 방에 있는 책, 이불 등 잡동사니도 책상 위에 쌓아 올렸다. 문이 가려질 만큼 물건을 쌓았다고 생각한 먼지는 바닥에 주저앉았다. 가쁜 숨을 몰아쉬며 땀범벅이 된 이마를 손등으로 닦았다. 목에서 신물이 올라오고 종아리는 쥐가 날 듯 아팠다. 한참을 그렇게 앉아 있었다. 밖은 조용하다 못해 고요했다. 먼지는 아픈 다리를 주무르며 저 괴물들은 무엇일까 생각했다. 먼지가 본 괴물은 어딘지 모르게 익숙한 얼굴들이었다.

"아, 그때!"

길, 버스, 교실에서 만난 사람들이다. 괴물은 그 사람들의 얼굴이었다.

"쿵! 쿵! 쿵!"

이때 문이 흔들리며 굉음이 들렸다. 소리가 날 때마다 방 안의 물건들이 흔들렸다. 먼지는 혼비백산하여 문이 열리지 않도록 책상을 힘껏 밀었다. '안돼! 제발…' 밖에선 분노에 찬 비명이 들렸다. 괴물들은 바로 문 뒤에 있었다. 먼지는 흐느껴 울며 말했다.

"제발…, 잘못했어요. 살려 주세요. 제발……."

그 말에 대한 응답이었을까 방의 흔들림과 비명이 멈췄다. 먼지는 안도를 하면서도 의심을 내려놓지 못하고 책상 모퉁이를 붙잡고 있었다. 손바닥에 얼마나 힘을 줬었는지 빨갛게 아렸다. 밖은 조용했다. 마치 모든 소리가 사라진 것 같았다. 오로지 먼지의 심장 뛰는 소리만이, 심장이 귀에 붙어 있는 것처럼 크게 들렸다. '다른 데로 갔나? 이제 끝났나?' 하는데 갑자기 바닥이 규칙적으로 흔들리기 시작했다. 움직임은 점점 커졌다.

"쾅!"

큰 폭발음과 함께 먼지가 튕겨 날아갔다. 먼지는 반대편 구석에 처박혔고 책상 위에 쌓아 두었던 물건들은 볼품없이 널브러졌다. 힘겹게 눈을 뜬 먼지 앞으로 일그러진 표정을 한 괴물들이 다가왔다. 먼지는 벽에 의지해 몸을 일으키며 옆에 있던 배낭을 집었다. 그러고는 얼른 가방을 뒤집어쓰고 몸을 웅크렸다. 여기엔 자신은 없고 가방만 있다고 이야기하고 싶었다. 먼지는 눈을 꼭 감았다. 깜깜해서 아무것도 보이지 않자 안정감까지 느껴졌다. 먼지는 밖의 소리에 귀를 기울였다. 괴물이 더 가까이 오고 있지는 않은지 귀에 온 신경을 집중했다.

"다 너 때문이야!"

낮고 음산한 목소리였다. 곧 다른 여러 목소리가 이어졌다.

"너 제대로 하는 게 뭐야!"

"게을러 가지고."

"이따위로 사니 그 모양이지!"

"네가 사람이면 그럴 수 없지?"

"차라리 죽어!"

먼지는 고통스러웠다. 먼지의 마음속에 있던 말들을 괴물이 그들의 입으로 확정해 주는 것 같았다. 먼지는 귀를 막고 소리 질렀다.

"아니야, 아니라고! 정말 아니라고! 내가 뭘 그렇게 잘못했는데, 제발, 제발! 하지 마! 하지 마, 제발……."

애원을 했지만 비난의 말들은 계속 이어졌다.

"정신을 어디에다 두고 다니는 거야!"

"내 이럴 줄 알았다!"

"네가 그렇지 뭐!"

"너 같은 애를 누가 좋아하겠어?"

"구제 불능 같으니라고."

"너 때문이야, 너 때문이야, 너 때문이라고."

먼지는 더 세게 귀를 막았다. 그리고 크게 소리를 질렀다. 그 외침에 자신을 향하는 목소리들이 사라지길 바랐다.

"아! 아! 아아!"

괴물들의 말이 들리지 않는다면 목이 아파도 괜찮았다. 먼지는 더욱 큰 소리를 내기 위해 있는 힘껏 소리를 질렀다. 그때 익숙한 목소리가 들렸다.

"먼지야, 들려?"

"누구?"

"나? 난 너야."

"나? 나라고?"

"오랜만이야. 반가워. 잘 지냈어?"

"아니, 잘 못 지냈어. 너무 외로웠어. 나 좀 구해 줄 수 있어? 괴물들이 너무 무서워."

그는 고개를 저으며 말했다.

"괴물들은 너만이 없앨 수 있어. 나는 하지 못해. 대신 내가 도와줄 수는 있어."

"어떻게 하면 되는데?"

"그들은 그들 생각대로 네가 행동하길 바라고 있어. 그 말들을 따르며 살고 싶어?"

"아니, 내 생각대로 살고 싶어."

"그럼 그들 생각 속에 숨어 버린 너의 목소리에 귀를 기울여 봐. 좀 더 자신 있게 이야기할 수 있게 지지해 줘. 너만이 할 수 있어. 너만이 너를 구할 수 있어. 용기 내 봐. 그들이 널 거부하고 비난해도 너는 언제나 사랑받을 만한 사람이야. 너는 꽤 괜찮은 사람이야."

그 말에 먼지는 용기가 차올랐다. 그 목소리가 듣고 싶었다. 무슨 말을 하고 싶은지 어떤 마음인지, 그 말들을 귀담아듣고 싶어졌다. 괴물들의 목소리가 아니라 진짜 내 목소리 말이다.

"나한테서 떨어져. 내 방에서 나가란 말이야!"

먼지가 일어서며 외치자 뒤집어쓰고 있던 가방이 조금씩 부풀어 올랐다. 먼지 몸에서 뿜어져 나오는 어떤 새로운 기운이 가방 안을, 먼지의 방을 채웠다. 괴물들은 점점 좁아지는 공간에서 서로 뒤엉켜 몸부림쳤다.

"후회할 거야."

"너 혼자서는 아무것도 못 해."

"실패할 거야."

"니 뜻대로 안 될걸."

"두고 봐."

"넌 절대로 못 해."

괴물들은 마지막 발악을 하며 먼지를 저주했다. 먼지는 그 목소리를 무시하며 눈을 감고 크게 심호흡을 했다. 그리고 아랫배에 잔뜩 힘을 주며 외쳤다.

"시끄러워. 참견 그만해! 이제 내 맘대로 할 거라고!"

'펑' 하는 소리와 함께 먼지의 방을 가득 채울 만큼 커진 가방이 폭발했다. 지우개로 지워 버린 듯, 날뛰던 부엉이들도 방 안에 있던 물건들도 모두 사라졌다. 방은 경계를 알 수 없을 정도로 온통 하얬다. 눈을 감고 있는 먼지 앞에 큰 문 하나가 우뚝 서 있었다. 먼지는 한참 동안 눈을 감고 문 앞에 서 있었다. 무의 공간에서 자신의 이야기가 들렸다. 누구의 방해도 없이 이제까지 듣지 못했던 자신의 이야기를 그냥 듣고 또 들었다.

그리고 살며시 눈을 뜬 먼지는 기분 좋은 미소를 지으며 힘껏 문을 열어젖혔다.

며칠 뒤, 먼지는 가방을 싸고 있다. 분홍색 바탕에 안면은 노란색인 멜 때마다 기분이 좋아질 것 같은 가방이다. 먼지는 짙은 분홍색 트레이닝복, 카메라, 레몬 사탕 몇 개를 가방에 챙겨 넣는다. 헤드폰을 목에 걸치고 한쪽 어깨에 가방을 메고 일어선다. 방을 나서다가 무언가 다시 생각나 책장 앞으로 간다.

"깜빡할 뻔했네."

먼지는 책장에서《여행의 기술》을 꺼내 가방 앞주머니에 넣는다.

먼지는 마을이 내려다보이는 언덕에 서 있다. 오늘은 안개가 없다. 물감으로 색칠한 듯한 파란 하늘과 숲에서 불어

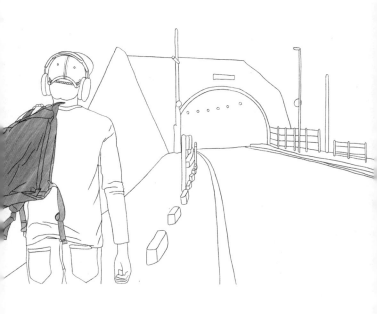

오는 바람, 익숙한 숲의 향기가 느껴진다. 이제 이 마을과 이별할 시간이다. 처음으로 혼자 떠나는 여행, 먼지는 두려운 마음보단 설렘으로 들떠 있다. 왜냐하면 다른 사람이 아닌 '나'라는 친구와 함께 가는 길이니까. 먼지는 헤드폰을 머리에 쓰고 뒤돌아 걸음을 옮긴다. 헤드폰에선 노랫소리가 흘러나온다.

"남쪽 바다 아름다운 섬 푸름을 간직한 아름다운 너를 찾아 네 품에 안긴 날"

작가의 말 & 셀프 포트레이트

최 범 수

아빠와의 추억을 친구들에게 말하기가 껄끄러웠던 시기가 있었다. 아빠에 대한 이야기를 하다 보면 돌아가셨다는 말이 나오게 될까 봐 겁이 났었다. 그 말 때문에 분위기가 무겁게 되거나 어색하게 되면 어쩌나 싶었고 동정 어린 시선을 받는 것도 싫었다.

그 상황이 어찌나 불편하던지 아예 아빠에 대한 기억을 싹둑 잘라 내 한쪽에 치워 버렸다. 그러고는 기일에나 한 번씩 꺼내 보며 십, 이십 대를 보냈다.

배우자를 만나 가정을 꾸리고 직장을 다니며 바삐 살다 보니 아빠에 대한 일은 잊힌 줄 알았다. 그런데 나를 들여다

보면 볼수록 많은 부분이 그때의 일들과 연결되어 있고 내 마음의 정리가 필요하다는 것을 알았다. 아빠에 관해 말하기가 불편해 외면했던 것도 내 마음이 정리되지 않아서였다. 아빠의 투병과 죽음, 그때의 나를 다시 바라봐야 했다.

나는 과거로 돌아가 아빠에 대한 기억과 얽히고 설킨 내 감정들을 하나씩 풀어 보고 싶었다. 투병 중인 아빠의 모습, 아빠와 나눈 대화, 돌아가신 날, 장지에서의 일……. 글을 쓰면서 주인공인 뽁이를 통해 그 시간과 마주할 수 있었다. 그리고 뽁이와 함께 울고, 소리치고, 슬퍼하고, 화내며 마음을 정리할 수 있었다.

이 글은 유년 시절의 나를 마주하고 지금의 내 마음을 정리해 보려고 시작했지만, 결과적으로 어린 시절의 나를 위로할 수 있었고 지금의 내가 위로를 받았다.

이 글을 읽는 분들도 자신의 마음을 만나 위로하고 위로받을 수 있기를 바란다.

양 길 석

　나는 거북이처럼 느렸다. 그렇다고 토끼처럼 빨라지고 싶은 마음도 없었다. 초등학교 1학년인데 숫자를 열까지 셀 줄 몰랐고, 고등학교 1학년 땐 반 학생 55명 중(체육특기생 3명을 제외하고) 수학 꼴찌는 늘 내 차지였으며 대학교에선 학사 경고를 두 번이나 받았다. 하지만 난 느긋했고 두렵지 않았다. 어릴 적 산골 마을에서 행복하던 그 아이가 여전히 내 안에서 뛰어놀고 있었기 때문이다.

　좌충우돌했던 어릴 적 기억들은 나에겐 오래된 보물상자다. 그 시절 나와 친구들에겐 고추잠자리가 피카츄였고 집 앞에서 "개똥아! 노올자!"라고 소리치는 게 카톡이었다.

내 어린 시절에 대한 동화에세이 〈불 주사〉를 쓰면서 새로 덧붙이거나 뺄 것은 없었다. 작가로서 쓰는 첫 글에 필력은 둘째 치고 대단한 창의력이나 상상력이 있을 리 만무했고, 무엇보다 내 보물상자를 다시 잘 정리해 두고픈 욕심이 컸다. 다른 이에게 보여주기엔 부끄럽지만 그래도 상자에 덮인 먼지를 쓸어 내고 조심스레 열어 나에게 소중하고 행복했던 기억과 느낌을 하나씩 하나씩 종이 위에 늘어놓았다.

어떤 이에게는 뿌옇고 빛바랜 어린 시절을 떠올리게 하고, 또 어떤 이에게는 한순간이나마 입꼬리가 올라가는 편안한 미소를 만들어 주기를 바라며, 나의 어린 시절 이야기를 '어른이 되어 다시 쓰는 서툰 그림일기'로 만들어 보았다.

내 안에는 여전히 그 아이가 있다.
지금의 내가 그 아이를 안아 주고 싶은 것처럼
사고 치거나 힘들 때마다 날 안아 주셨던 내 어머니의
따스한 품처럼
굳건하게 날 지켜 주셨던 내 아버지의 태산 같은 등처럼
나도 사랑하는 아내 권현실 작가와 두 아이들, 한결이
은결이를 지지하고 지켜 주고 안아 주고 싶다.

이 대 일

출판사 핌의 '동화에세이 쓰기 프로젝트' 참여를 권유한 것은 아내였다. 여성 작가 그룹 D,D의 멤버로 《어쩌면 너의 이야기》(2021)로 먼저 독자와 만났던 아내는, 항상 글을 쓰고 싶은 욕구가 있던 나에게 이번 프로젝트에 참여하기를 적극적으로 권했다. 우선 아내에게 고맙다는 말을 전한다.

나의 내면을 깊이 들여다봐야 하는 워크숍 초반부, 한 번도 타인에게 말하지 않았던 지난날의 이야기를 어떻게 꺼내야 할지 고민했다. 말할까? 할 필요가 있을까? 그냥 아름다웠던 이야기로 꾸밀까? 마음속에서는 내면의 자아와 사회적 자아가 끊임없이 다투었다.

오래전 단편소설을 습작할 때, 내 주위에 글을 쓰는 사람들은 모두 이런 조언을 해 주었다.

'자신의 속내를 한번 뒤집어 가감 없이 세상에 너를 드러내야 비로소 이야기를 쓸 수 있어.'

두려웠다. 하지만 이 과정 없이는 지금보다 발전된 글을 쓸 수 없을 것 같았다. 어쩌면 별것 아닌 이야기를 가지고 호들갑 떤다고 할지 모르지만 고생하신 엄마에 대한 부끄러운 고백이 될까 봐 글을 쓰는 내내 마음이 아팠다.

일흔이 넘은 엄마는 아마도 내 글을 보지 않을 것 같다. 설령 보신다고 해도 그때처럼 아무 말씀이 없으실 거다. 그래도 아들이 책을 출판했다는 사실에는 기특해하실 것 같다.

작가의 말을 먼저 읽고 내용을 보는 독자는 많지 않을 것 같아서 여기에 〈엄마, 나도 아들은 처음입니다〉의 내용에 대한 첨언 하나를 해 본다.

내용 중 칠레에 다녀온 부분이 있다. 칠레에는 우리네 땅끝 마을과 같은 남아메리카 최남단 도시인 푼타아레나스란 지역이 있다. 내가 일했던 곳은 푼타아레나스에서 더 남쪽, 정확히 말하면 지구 최남단에 위치한 남극이었다. 나는 2002년부터 2003년까지 제16차 월동대원으로 남극 세종기지에서 13개월 동안 근무했다.

남극은 대부분의 사람들이 평소 접할 수 없는 지역이기 때문에 사석에서 이 이야기가 나오면 모든 관심이 남극에만 집중되곤 했다. 20년 전 일이지만 지금도 마찬가지다. 그렇다 보니 '남극 세종기지'라는 단어가 글에 등장하면 독자로 하여금 글을 읽는 유영에 방해가 될 것 같은 노파심이 일었다. 동화 형식이지만 내 이야기를 진솔하게 써야 했던 글이라 지금에야 정확한 정보를 전해 본다.

끝으로 기획부터 워크숍, 글쓰기, 편집에 오탈자 검수까지 어느 하나 출판사 대표의 손을 거치지 않은 것이 없다. 글을 쓸 수 있도록 좋은 기회를 만들어 준 출판사 핌 대표에게도 감사의 말을 드린다.

더불어 나를 포함해 이 책에 참여한 세 분의 작가들에게도 감사와 응원의 말을 전한다. 각자 생업이 있는 와중에 잠을 줄이고 시간을 쪼개어 고민하고 글을 쓰고 그림을 그리느라 힘들었을 텐데 이제부터는 가족과 함께하는 포근한 저녁과 편안한 수면을 즐기시기를.

지난달부터 출근길 글쓰기를 시작했다. 지하철을 타는 동안 전날에 있었던 인상 깊은 장면을 휴대전화 메모장에 짧게 적고 있다. 이 과정이 또 다른 글쓰기의 작은 불씨가 되면 좋겠다.

서 민 호

**유년시절
어른이 되긴 두렵고
아이라고 말하면 심통 내던 소년**

어린 시절에는 어떻게 지냈냐고 물어보면 '음…' 하며 답을 잘하지 못한다. 학교, 학원, 도서관, 집을 매일같이 쳇바퀴 돌듯 반복하며 지냈다는 정도? 내가 왜 그렇게 지내야 하는지 이유도 모르면서 살았다. 무협지의 주인공에 나를 빙의하는 상상으로 현실에서 도피했고, 부모님에 대한 사람들의 평판이 마치 내 것인 것처럼 말하고 다녔다. 지금 그 우쭐거림을 떠올리면 얼굴이 화끈거리기도 하고 그때의 내가 안쓰럽기도 하다. 안 좋은 일이 생기면 겉으로는 주위 사람을 탓하고 속으로는 자책을 하며 나 자신을 깔아뭉개던 시절.

그런 나에게 '따뜻한 말 한마디' 건네주는 이가 있었다면 어땠을까? 너를 위해서라는 훈계와 잔소리 말고, 그냥 내 기분이 어떤지 물어봐 줬다면 어땠을까? 진짜 그런 사람이 있었다고 해도 "뭐라 씨부려쌓노."라고 혼잣말을 하며 못 알아들었을 수도 있지만, 그래도 뒤에 가서 내 기분을 곱씹어 볼 기회는 있지 않았을까?

불평, 불만만 많고 정작 내가 무엇을 원하는지 어떤 감정인지 알지 못했던 그 시절로 돌아간다면 나에게 무슨 말을 할 수 있을까가 이 글의 시작이었다.

**스무 살
나름 어른,
근데 어른이 뭐야?**

대학 진학 후 자취를 하게 되었다. 혼자만의 공간을 가지게 되어 잠깐은 좋았지만, 주도적으로 무엇인가를 결정하며 살았던 경험이 없어서 자취 생활은 쉽지 않았다. 시간은 많았지만 그때는 반복된 좌절과 마음의 상처로 인해 내면의 나에게 말을 걸기보다 회피를 택했다. 남에게 내가 어떻게 비칠까에만 신경을 썼던 것 같다. 학교, 군대, 사랑에서도 나는 없었다. 치기 어린 도전, 낯부끄러운 행동에 여전히 남 탓을 많이 했던 시절이었다. 그러다 보니 '무엇무엇답게'라는 말을 많이 들었던 유년 시절에 '어른답게'가 보태져 지켜야 하는 것들이 더 많아졌다. 그것들은 내 행동에 대한 자기 검열로 이어졌고, 나는 다시 침묵하며 주눅이 든 삶을 살아야 했다. 당시에는 게임도 많이 하고 음악도 많이 들었는데 아마 현실에서 느끼지 못한 성장과 성취감, 감상에 기분을 맡기는 자유로움을 찾고 싶었기 때문이 아닐까 싶다.

서른 살
어른이 되기 싫어,
이제 좀 뭐하고 싶은지 알겠네.

———

사회 생활을 하면서 혼자 출장을 다닐 일이 많아졌다. 그리고 출장지에는 숲과 바다가 있었다. 숲에서 나무들이 서로 가지를 부딪는 소리를 듣고 있으면 긴장하고 있던 내 몸도 이완되고, 큰 호흡으로 숨을 쉬면 몸에 신선한 기운이 채

위지는 느낌이 들었다. 바닷가를 걸으며 종종 경이로운 자연과 마주할 때는 작은 나를 인정할 수 있었다. 타지에서 나를 규정하지 않는 사람들과 시간을 보내는 것도 좋았다. 온전히 혼자 있는 시간도 가져 봤다. 익숙한 공간에서 벗어나 나를 모르는 사람들 사이에 서니 침묵하며 드러내기를 두려워했던 나를 만날 수 있었다. 이런 시간의 반복은 온전히 나를 마주할 수 있게 하였다.

그동안 나는 내가 아무런 쓸모없는 존재라는 것이 들통날까 봐 스스로 직면하기를 외면했던 것 같다. 그런데 자연만이 소리를 내는 곳에서 나와 만나니 저절로 눈물이 났다. 평소 감동적인 것을 보고 듣거나 슬픈 일이 있어도 흐르지 않던 눈물이, 그냥 뚝뚝 떨어졌다.

이런 여행과 같은 출장 시간이 쌓일수록 나를 더 사랑하며 살아야겠다는 다짐을 하게 되었지만, 일상의 세계로 돌아오면 그런 다짐은 흐지부지되었다. '나의 감정을 마음껏 드러내며 즐거웠던 여행에서의 나를 일상으로 돌아왔을 때도 이어갈 방법이 없을까?'라는 생각으로 우선 책을 많이 읽기 시작했다. 또 음악을 들으며 내 감정을 자유롭게 하려고 노력했다. 그렇게 일상을 보내며 여러 계절을 같은 곳으로 여행을 떠났다. 그리고 몇 년 뒤에 떠난 여행에서는 내가 좋아하는 것들만 넣은 편하고 가벼운 가방과 즐거운 마음만이 함께였다. 그때의 설렘은 아직도 잊히지 않는데 여행을 통해 내가 원하는 것이 무엇인지 잊지 않게 되었고, 회피하지 않고 주도적으로 삶을 살아가는 게 얼마나 즐거운 일인지도 알게 되었다. 자책만 하며 마냥 두렵기만 했던 나에게 말 걸기가 이젠 좀 쉬워졌다.

〈따뜻한 말 한마디〉에서 들려주고 싶었던 이야기는 여기까지의 이야기다.

___맹현
작가·출판사 핌 대표

《그러면서 크는 거라고 쉽게 말하지》는 출판사 핌의 두 번째 동화에세이 모음집입니다. 동화에세이는 자신의 이야기를 동화 형식에 담은 새로운 장르의 에세이입니다. 첫 책은 여성 작가 그룹 D,D의 《어쩌면 너의 이야기》였는데, 많은 분들이 내 이야기 같다고 해주셔서 참 감사했습니다.

아내 혹은 엄마로 불리던 여성들의 '온전한 내 이야기'인 《어쩌면 너의 이야기》를 만들면서, '온전한 그의 이야기'가 듣고 싶어졌습니다. 이번 《그러면서 크는 거라고 쉽게 말하지》는 남편 혹은 아빠로 불리던 네 명의 작가들의 '내 이야기'입니다.

동화에세이 쓰기 워크숍 진행자인 저는, 평소 남편과 아빠이기 전에 남자였던, 남자이기 전에 아들이었던, 아들이기 전에 아이였던 그들의 서사가 결혼을 하면서 사라지는 것 같다는 느낌을 받고는 하였습니다. 남편과 아빠로 살다 보면 어느새 아저씨가 되고 할아버지가 되는 단순한 서사 속으로 들어가는 그들을 보면서, 마음 한구석에서 삐거덕 소리가 들렸습니다.

　《어쩌면 너의 이야기》 저자들이 온전히 자신의 이야기를 쓰는 과정 그 자체에서 큰 위안을 얻고, 독자들 역시 그녀들의 이야기를 통해 위로받는 것을 보며 기획자로서 많이 뿌듯했습니다. 그리고 이런 작업이 아빠들에게도 필요하다고 생각했습니다. 예술 강사로도 오랜 시간 지내 오면서 남성들에게는 내면을 들여다보고 자신을 다독이고 단단히 세우는 기회가 상대적으로 부족하다고 느껴왔기 때문입니다.

　《그러면서 크는 거라고 쉽게 말하지》의 네 명의 저자 역시 이런저런 이유로 자신을 돌아보지 못했거나, 자신의 이야기를 온전히 할 수 있는 기회를 갖지 못했던 우리 사회의 아들들이었습니다. 내면의 이야기를 마주하는 동안, 미대에서 디자인을 전공한 최범수 작가는 〈맥주 하나 가 온나〉를 통해 유년 시절 돌아가신 아버지에 대한 기억과 미처 다독이지 못했던 어린 시절의 나를 불러냈습니다.

아내를 따라 창작을 시작하게 된 물리학 교수 양길석 작가는 〈불 주사〉를 통해 내면에서 펼쳐지는 새로운 우주를 발견하고, 시행착오투성이였지만 치열했던 어린 나를 만납니다.

공동체카운슬러 이대일 작가는 가난했던 어린 시절의 기억과 어른이 된 후에도 나를 무겁게 짓눌렀던 엄마에 대한 책임감을 〈엄마, 저도 아들은 처음입니다〉로 풀어냈습니다.

고성능컴퓨터 전문가 서민호 작가는 보수적인 고장 안동에 자라면서 '너는 이러이러해야 한다.'라는 틀에 갇혔던, 자유롭고 싶었으나 그러지 못했던 내면의 자아와 마주합니다.

《어쩌면 너의 이야기》처럼 《그러면서 크는 거라고 쉽게 말하지》도 워크숍이 시작되고 작품이 완성될 때까지 2년의 시간이 걸렸습니다. 네 명의 작가들이 작업을 해내는 동안, 오로지 자신의 내면을 바라보던 모습들은 잊지 못할 시간의 기억입니다. 각자의 자리에서 꽤나 성취를 한 분들이고 한창 바쁜 시절임에도 작품을 만드느라 치열한 시간을 보낸 것도 큰 감동입니다.

《그러면서 크는 거라고 쉽게 말하지》가 독자분들께 많은 공감으로 다가가기를 바랍니다. 네 편의 이야기로 하여금 독자님들도 자신의 이야기를 건져내고 마주하는 시간을 마련하면 좋겠습니다.

네 명의 작가들의 앞으로의 작가 행보에도 큰 기대를 품어봅니다.

감사합니다.

___권현실

작가·심리상담사

"요즘 엄마들이 82년생 김지영의 삶에 공감하는 것처럼, 아빠들이 공감하는 82년생 김지훈의 삶도 분명히 있을 텐데···. 그 이야기도 들어 보면 어떨까 하는 생각이 들더라고요."

"그렇네요. 엄마, 딸, 여자로 사는 게 쉽지 않은 것처럼, 아빠, 아들, 남자로 사는 것도 쉽지 않을 텐데. 가만히 보고 있으면 어떨 때는 안됐다는 생각 들지 않아요?"

"맞아요. 여자들은 이렇게 소통하는 통로라도 점점 많아지고 있는데 남자들은 자기 속 이야기 툭 털어놓을 데도 없이, 어떤 역할을 하는 존재로만 사는 것 같아요."

《어쩌면 너의 이야기》의 작가였든 독자였든 '나를 스토리텔링 하기'의 힘을 경험한 엄마들은 맹현 기획자의 제안에 순식간에 의기투합했습니다. 업무 현장과 소파에 깊이 파묻혀 있던 남편들을 끌어당겨 '동화에세이 쓰기_아빠 편' 워크숍에 밀어 넣으며 이 책은 시작되었지요. '좋긴 좋겠지. 그렇지만 이렇게 바쁜 중에 글까지 어떻게 쓰냐?'던 그들이 밤샘까지 하면서 작업에 매달리게 될 줄 그때는 미처 몰랐어요.

'한 번도 타인에게 말하지 않았던 지난날의 이야기를 (…) 할 필요가 있을까? 내면의 자아와 사회적 자아가 끊임없이 다투었다.'(《작가의 말》, 이대일)는 고백처럼 아빠들의 글쓰기는 사회적 얼굴의 뒷면이자 되도록 보여 주고 싶지 않았던 '그럴듯하지 못한 나'를 불러내는 일이기에 쉽지만은 않았을 것입니다.

번듯한 백그라운드와 남보다 내세울 게 많아야 하는 유능함, 지치지 않는 인내심이 남성의 미덕인 우리 사회에서 어리고 미숙하고 상처 입은 나를 만나는 일은 마치 '너는 구제 불능이라고 읊조리는 거대한 괴물'(《따뜻한 말 한마디》, 서민호)을 맨몸으로 마주 서는 것처럼 큰 용기를 필요로 하는 일이니까요. 유능하기 위해서는 다른 사람들이 인정하는 틀로 들어가야 하고 그렇지 못하면 소외되어 사회적 위치마저 빼앗기는 문화 속에서 나다움과 자유로움을 주장하는 것은 또 얼마나 위험한 도박인지요.

그렇기에 지난 2년간 네 명의 아빠 작가들이 내면으로 깊이 자맥질하며 건져 올린 작업물을 보았을 때 놀라움, 신선함, 여하튼 묘한 설렘이 저를 휘감았습니다. 무겁고 아픈 이야기를 읽을 때는 슬픔이 함께 출렁였지만, 숨어 있는 메시지는 도리어 더 단단하고 힘 있게 전달되었습니다. 그리고 그 메시지가 '작고 여린 존재에 대한 존중, 화해와 수용, 자유와 생기, 나다움을 갈망하는 유연함, 내면의 평화' 같은 것임을 깨닫는 순간, 제 마음은 뛰기 시작했습니다.

그러면서 크는 거라고, 그러면서 어른이 되는 거라고 쉽게 말하지만, 존중받지 못하는 한 우리는 클 수 없습니다. 나이를 먹고 몸은 자랄지언정 억눌리고 무시당한 생각과 감정은 소화되지 않은 응어리로 남아 계속해서 우리의 발목을 잡아챕니다.

아프신 아버지의 상황을 일절 듣지 못했기에 마음의 준비도 없이 허망하게 보내야 했던 어린 나(《맥주 하나 가 온나》,

최범수)는 마당 구석에 앉아 창문을 통해 들려오는 어른들의 대화로 아버지의 임종 상황을 듣습니다. 아무도 이 작은 아이의 상실감과 슬픔에 집중해 주지 않기에 심지어는 황망한 가운데에서도 맥주를 들고 날라야 하지요. 그 무자비한 폭력 앞에서 힘없는 아이가 할 수 있는 최대의 표현은 맥주를 탁! 놓는 것이었습니다. 하지만 완결되지 못한 이 감정은 권위적인 윗사람들을 만날 때 알 수 없는 화나 껄끄러운 단절감으로 표현되거나 어린 존재에 대한 과도한 감정이입으로 나타났을지도 모릅니다. 이야기를 통해 그 시간으로 돌아가 내 편에 든든하게 서 있는 '어른이 된 나'의 격려에 힘입어 드디어 나는 '울고, 소리치고, 슬퍼하고, 화내며 (…) 어린 시절의 나를 위로할 수 있었고 지금의 내가 위로를' 받을 수 있게 됩니다. 이제 분노 없이 아버지와의 정다웠던 추억을 떠올릴 수 있게 된 것이지요.

우리는 존중받으며 자라지 못 했기에 존중하지 못 하는 어른이 되는 악순환 속에서 자랐습니다. 사람을 위한 규범이 아닌 사회를 위한 규범, 즉 '이렇게 해야 남자답고, 학생답고, 어른다운 것이다'라는 이중 삼중의 잣대를 겹겹이 세워 숨 쉴 공간을 막아 버릴 때 그 안에는 서로를 존중하고 이해하는 문화가 존재할 수 없습니다. 나다운 자유로움과 자연스러운 감정 표현의 통로가 막힐 때 아이들은 무협지나 공상 속으로 도망갈 수밖에 없지요. 그러나 〈따뜻한 말 한마디〉의 주인공은 똑같은 어른으로 사회에 편승하지 않고 '나를 행복하게 할 수 있는 마법 같은 한마디'를 얻기 위해 오랜 시간 떠돕니다. 사람들 앞에 설 때 목소리조차 나오지 않도록 하고, 심지어 혼자 있을 때도 자신을 몰아붙이던 괴로움의 정체가 수치심이었음을, 그것이 나보다 다른 사람들의 눈을 의식하면서 살도록 하는 보수적인 문화 속에서 형성되었음을 깨닫게 된 나는 어린 나와 함께 자신을 뒤쫓던 괴물을 힘껏 몰아내지요. 이제 편안한 차림으로 나를 찾는 여행을 계속하는 주인공의 뒷모습에 상쾌한 바람이 불어오는 듯합니다.

아들들에게 또 하나의 큰 주제는 바로 엄마일 것입니다. 삶의 여러 이유로 아버지의 자리가 빌 때 어쩔 수 없이 그 역할을 떠맡게 되는 아들은 아버지라는 뒷배가 없는 무기력함에 더해 엄마의 삶의 무게까지 나누어 져야 합니다. 자신의 날개를 자르면서도 착한 아들이 되기 위해 최선을 다해 왔지만, 그 마음을 털끝만큼도 몰라준다는 원망이 더해졌을 때 숨을 쉬지 못하는 공황의 증상은 어쩌면 자연스러운 것이 아닐는지요. 그러나 '저도 아들은 처음'이라는 이 아들은 무기력했던 어린 시절을 뒤엎고 부모의 둥지를 벗어나 스스로 목을 축이는 생수를 찾으러 떠납니다. 그리고 어머니에게 '엄마 삶을 엄마 거고, 내 삶은 내 거'라고, 엄마도 엄마의 행복을 찾으셔야 한다고 제안하는 정신적 친구가 되기에 이르지요.

다른 세 작가의 이야기에 비해 자연 속을 천방지축 마음껏 누비며 자랐던 어린 시절을 그려 낸 〈불 주사〉는 어떻게든 이기고 싶어 '복숭아 눈'덩이를 던지며 존재를 내보이고 싶어 하던 아이가 '두 손을 조심스레 가져가 참새의 어린 몸집을 감싸'듯 자신을 둘러싼 사람들을 두루 생각하게 된다는 마음의 발돋움을 서정적으로 그려내고 있습니다. 작가는 두 해 전 예기치 못한 급성 혈액암으로 어머니를 잃었습니다. 깊은 슬픔에 잠겨 있는 모습을 가장 가까이에서 지켜본 아내로서 이야기 속에 등장하는 어머니는 또 다른 온도로 마음을 울렸습니다. 어쩌면 이야기를 통해 하늘나라에 계신 그리운 어머니의 하얀 얼굴을 쓰다듬으며 '엄마, 정말 미안했어. 고마웠어.' 하고 전하고 싶었던 것은 아닐까,

따뜻한 이야기임에도 눈가가 촉촉해지는 것을 막을 수가 없었습니다.

　온전함을 지향하는 '내 안의 나'는 그 고통스러움을 완결 짓기 위해 때때로 여러 가지 사건을 통해 지금의 나를 그때의 기억으로 소환합니다. 감사하게도, 이번에는 진탕 취하는 한잔의 술이나 반복되는 부부 싸움이 아니라 이야기가 그 기억을 완결하였습니다. 묻어 놓았던 그 시절의 나와 마주 앉아 그때의 감정들을 하나하나 불러내고 쓰다듬고 원인과 결과가 있는 새로운 서사로 연결 지으며 어린 나를 이해하게 된 것이지요. 서사를 가졌기에 이야기의 소년들은 이제 자신의 목소리를 낼 수 있게 되었습니다. 그 뒤에는 어린 나를 안아 주고 버텨 주고 격려해 주는 어른이 된 내가 있습니다.

　감당하기 힘들어서 꼭꼭 묻어 놓았던 혹은 두려워서 줄곧 피해 왔던 원망, 분노, 슬픔뿐만 아니라 성장과 분리에 따라 불가피하게 따라올 수밖에 없는 죄책감과 허전함, 두려움까지 온몸으로 흠뻑 대면한 네 명의 작가들이 강물에 씻긴 돌처럼 말갛고 홀가분한 모습으로 서 있습니다. 깊은 내면에서 활짝 피워 올린 아름다운 네 개의 만다라가 눈앞에 어른거리는 듯합니다. 용기와 주도성을 장착하게 된 여성이 많은 이들의 힘이 되듯, 연민과 감정을 품게 된 남성이 얼마나 조화로운 삶을 살게 될까, 얼마나 많은 사람을 연결하게 될까, 상상만 해도 마음의 온돌이 데워지는 느낌입니다.

내담자가 마지막 상담을 마치고 문을 나설 때, 주체할 수 없는 존경심을 안고 그 어깨를 두드릴 때처럼, 저는 이 원고의 앞뒤를 꼭 안고 쓰다듬었습니다. 사회적 얼굴만 남은 중년의 아저씨는 여기 없습니다. 존중과 화해, 자유와 생기를 회복한 멋진 어른으로 거듭난 네 명의 작가들께 진심 어린 박수를 보내드리고 싶습니다.

이야기의 힘이란 무엇일까요. 나아가 '내 삶을 소재 삼아 내가 만드는 이야기의 힘'이란 우리에게 과연 무엇일까요. 제가 직접 글을 쓰는 존재가 되면서, 또한 그 작업에 매달렸던 사람들이 변화하는 과정을 보면서 사람의 인생에 새로운 의미를 부여하는 글의 힘을 다시 한번 느낍니다.

자신만의 서사를 가지게 된 네 명의 작가들이 아빠이자 남편으로 살아가는 일상에서 '크게 다르진 않지만 뭔가 묘하게 달라진' 그 행복감을 만끽하시기를, 그리고 이 글을 읽는 분들께도 그 힘이 그대로 전해지길 빌어 봅니다.

동화에세이
그러면서 크는 거라고 쉽게 말하지

초판 1쇄 인쇄 2022년 12월 1일
초판 1쇄 발행 2022년 12월 15일

지은이   최범수, 양길석, 이대일, 서민호
펴낸이   맹수현
펴낸곳   출판사 핌
출판등록   제 2020-000269호 2020년 10월 6일

주소   서울시 마포구 신촌로2길 19, 3층
이메일   bookfym@gmail.com
전화   02-822-0422
팩스   02-6499-5422

총괄 프로듀서 | 맹현
삽화 프로듀서 | 이선미
셀프 포트레이트 카운슬링 | 정상숙
편집 | 맹현
표지 일러스트 | 권송이
디자인 | TYPEMATTERS
인쇄 | 비쥬얼 봄

Special Thanks To
마포출판문화진흥센터 PLATFORM P
텀블벅 후원자분들
권현실 작가

ISBN 979-11-975299-8-6 03810